HAYMON taschenbuch 192

MIX
Papier aus verantwortungsvollen Quellen
FSC® C083411

Auflage:
4 3 2
2018 2017 2016 2015

HAYMON tb 192

Originalausgabe

www.haymonverlag.at

ISBN 978-3-7099-7825-2

Umschlag- und Buchgestaltung nach Entwürfen von
hœretzeder grafische gestaltung, Scheffau/Tirol
Umschlag: Eisele Grafik · Design, München unter Verwendung eines
Fotos von: bigtstock.com/Makaule
Satz: Da-TeX Gerd Blumenstein, Leipzig
Autorenfoto: Andrea Schütz

Gedruckt auf umweltfreundlichem,
chlor- und säurefrei gebleichtem Papier.

Jacqueline Gillespie

Den Letzten beißen die Schweine

Ein Schneeberg-Krimi

Jacqueline Gillespie

Den Letzten beißen die Schweine

1

So lang, wie ich zurückdenken kann, hab ich noch jedes Mal auf die ersten Schneeflocken gewartet, und so war es auch in diesem Jahr. Früher hat man das besser verstanden, da hat man sonst nicht viel gehabt, worüber man sich hätt freuen können. Das kann man sich heut gar nicht mehr vorstellen, wie das gewesen ist. Mit dem Schnee, da hat die besinnliche Zeit angefangen. Und woher hätt ich auch wissen sollen, dass es dieses Mal ganz anders kommen wird.

Wie ich am fünfundzwanzigsten Oktober in der Früh beim Fenster rausgeschaut hab und alles war ganz weiß, und auf der Wiese vor unserem Haus sind leicht zwei Handbreit Schnee gelegen, da war es mir dann doch ein bissel zu früh. Er ist ja nicht lang liegengeblieben, der Schnee, nur zwei Tage, aber das hat schon gereicht, dass auf der Autobahn von Wiener Neustadt zum Schneeberg und zur Rax der Teufel los gewesen ist, weil die Städter noch mit Sommerreifen unterwegs waren. Dauernd haben sie im Radio gesagt, dass es auf der Straße schon wieder getuscht hat. Leid haben sie einem tun können, die Autofahrer, weil man im Oktober an so ein Wetter ja nicht wirklich denkt. Sonst kann man sich ja oft wundern, wenn sie im Winter mit Sommerreifen herumfahren, als gäb es zu der Jahreszeit bei uns auf der Straße keinen Schnee.

Und bei uns oben im Wald ist ein Schüppel Äste abgebrochen, so nass und schwer wie der war, der Schnee. Wir hier in Neiselbach sind ihn ja gewohnt, aber so früh im Jahr brauchen wir ihn nicht. Da nimmt der Winter gar kein End und die Kühe müssen früher als wie sonst in den Stall zurück. Über solchene Sachen denkt man ein wengerl anders, wenn man älter wird. Früher war mir das nur recht, wenn die Tage kürzer geworden sind und die Adventzeit vor der Tür gestanden ist, weil es dann immer ganz festlich geworden ist. Die Arbeit auf einem Hof war ja nicht leicht, und wenn man am Abend länger in der Stube hat sitzen können, war das was Schönes, auch wenn wir immer was zum tun gehabt haben, Socken stricken und zerrissene Hemden flicken oder was halt so angefallen ist. Wer rastet, der rostet, hat die Großmutter immer gesagt, und recht hat sie gehabt. Aber in meinem Alter fragt man sich manches Mal, ob man die Weihnachtstage, die einem noch bleiben, nicht schon an einer Hand abzählen kann. Und dafür ist es mir ein bissel schwer ums Herz geworden, wie ich, bevor es geschneit hat, die Amsel bei unserem Haus zum letzten Mal in dem Jahr singen hab hören.

No, und dann, so mir nichts, dir nichts, war er weg, der Schnee. An den Bäumen sind die Blätter allerweil noch dran gewesen, weil Schnee Blättern nichts macht, nur Frost, und der ist erst spät im November gekommen. So war es dann auch mit den Blumen am Friedhof. Die Stiefmütterchen und die Chrysanthemen haben sich wieder aufgerichtet und ganz frisch ausgeschaut. Da hat man gar nichts Neues pflanzen brauchen für die Festtage, damit ein Grab wieder was gleichschaut. Und am ersten November zu Allerheiligen hat so ein fester Föhn geblasen, dass man glauben hat mögen, es ist grad Ostern gewesen. Dabei war es früh dunkel und alle haben die Grablichter angezündet. Recht feierlich war einem da zumute, und an Schneeflocken hat man gedacht, aber gerochen hat die laue Luft nach Frühling.

So ist es auch am Vorabend von Allerheiligen gewesen, wie die Kinder grauslich verkleidet herumgerannt sind als wie die Perchten und bei den Häusern um was Süßes oder was Saures gebettelt haben. Zu uns herauf ja nicht, weil unser Hof zu weit oben liegt zum raufgehen im Dunkeln und wir keine Straßenlampen haben. Da ist es auf der Straße dann richtig finster, und wenn kein Mond scheint, siehst du die Hand vor den Augen nicht. Und dass wer die Kinder mit dem Auto heraufgebracht hätt, dazu findet sich keiner, das passiert nur mit den Sternsingern zu Dreikönig. Ich kann mit dem Kürbisgetue und dem Verkleiden aber auch wenig anfangen, ein Brauch aus Irland soll das sein, und von den Iren aus Amerika ist es dann wieder zu uns herübergekommen. Ganz versteh ich ja nicht, was das bei uns verloren hat, aber bitte, mir soll's recht sein. Die Leut scheinen ihren Spaß dran zu haben.

Jeden Tag bin ich zu meinem Lieblingsplatz draußen bei den Haselstauden spaziert, und wenn das Wetter gepasst hat, hab ich mich dort auf die Holzbank neben das Marterl mit der Jungfrau Maria gesetzt. Mein Fernglasl hab ich auch immer mitgenommen, um nach den Hirschen zu schauen. So sag ich halt, stimmen tut es ja nicht, aber praktisch ist es, weil einem nichts entgeht, wenn man recht weit sehen kann. Und überraschen kann einen auch nicht so schnell was. Aufgepasst habe ich wie jedes Jahr, weil einem immer vorkommt, dass die Bäum über Nacht ihre Blätter verlieren. Nach dem Schnee war ja noch alles dran, aber wie die Wiese das erste Mal in der Früh weiß vor lauter Reif war, hat man zuschauen können, wie die Blätter ganz langsam von den Ästen heruntergeschwebt sind, weil nicht einmal ein Lüfterl gegangen ist. Und wie ich am Nachmittag mit unserem Hund, dem Wolfi, spazieren gegangen bin, hat es mit einem Mal kalt vom Schneeberg hergeblasen. Eine Schneeluft, sag ich immer. Schnee kann man riechen, auch wenn der Mann sich früher immer gewundert hat, was ich denn schon wieder riechen würd. Da hat es die abgefrorenen Blätter nur so durcheinandergewirbelt, und hast du nicht gesehen, waren manche Bäume kahl. Die hellgelben Blätter von den Birken hat es zuerst erwischt. Am Friedhof war es auch vorbei mit den Blumen, nur die Chrysanthemen haben noch was gleichgeschaut, und einige aus dem Dorf haben schon Erika gepflanzt gehabt. Und dann waren auch die Wege im Tal so gefroren, dass der Wolfi beim Nachhausekommen gar keine gatschigen Pfoten mehr gehabt hat und man den Boden im Haus nicht dauernd hat aufwischen müssen. Da war es um fünf am Nachmittag dunkel.

Genau ein Monat nach dem ersten Schnee hat es wieder zum schneien angefangen, und dieses Mal war mir ganz besinnlich ums Herz, weil es kurz vor der Adventzeit war, die Flocken vor dem Fenster langsam zu Boden gesunken sind, und das Licht und der Himmel ganz hellgrau waren. So hell, dass es fast schon weiß war. Als möcht die Natur sogar mit den Farben sparen, weil sie sich ausruhen will. Dabei sollt ich mich über Eis und Schnee gar nicht so sehr freuen, weil ich mit den orthopädischen Krankenkassaschuhen, die mir der Sohn in der Früh immer anzieht, nicht gut zu Fuß bin, im Schnee halt. Und weil man sich in meinem Alter schon ein bissel fürchten muss, dass man hinfallen könnt, weil man sich ganz leicht was bricht. Wenn man da erst einmal ins Spital reingekommen ist, kommt man vielleicht gar nicht mehr raus als ein Lebendiger. Eile mit Weile, hat die Großmutter allweil gesagt, daran muss ich jetzt oft denken. Der Sohn schimpft sowieso, wenn er hört, dass ich mich über den Schnee freu, weil ihm das Schneeräumen nicht gefällt. No, so jung ist er auch nicht mehr, und im Kreuz hat er es schon ein wengerl, und damit die Schwiegertochter nicht auch noch herumtun muss, hat er letztes Jahr eine Schneefräse gekauft. Jetzt tun sie sich leichter.

Aber, Hand aufs Herz, ob uns der Schnee jetzt passt oder nicht, er gehört zur Jahreszeit. Die Natur braucht ja ein Wasser, und in dem Jahr ist damit nicht so viel los gewesen. Zuerst hat es im Frühjahr so ausgeschaut, als ob es nicht mehr zum regnen aufhört. Da ist unten bei Wiener Neustadt, wo es keine Berge mehr gibt und alles ganz flach ist, viel Wild umgekommen, regelrecht ersoffen sind die Hasen und die Fasane. Und dann, dann war es furchtbar heiß und trocken, das haben die auch nicht mögen. Die Maiskolben waren so eingetrocknet, dass nicht einmal das Federvieh die Körner hat haben wollen, steinhart, wie die waren. Und bei uns heroben war es um das Winterfutter für die Kühe auch ganz schlecht bestellt. Hat man eine Mahd nach Hause gebracht, ist auf der Wiese kaum genug stehen geblieben, dass die Kühe draußen noch was Frisches zum fressen gefunden haben.

Schon im November hat die Schwiegertochter mit dem Keksebacken angefangen, weil der Sohn gar so gerne welche isst. Florentiner und Vanillekipferln. Die mit Zuckerguss und mit Streusel verzierten, die mag er nicht so sehr, aber der Schwiegertochter machen sie eine größere Freud, weil sie halt eine Künstlerische ist. Kekse kann man im Geschäft nicht kaufen, die gekauften schmecken nach nichts, weil die meisten gar keine

Butter für den Teig nehmen, das kann nichts werden. Ich stell mich für so eine Pitzlerei ja nicht mehr hin, ich hab das schon wie ich jung war nicht haben wollen, die Ausstecherei und das Herumdekorieren. Aber einen Christstollen mit Rosinen und Korinthen und so allerlei getrockneten Früchten, den mach ich gern. Aber erst im Dezember, weil der Sohn sonst bis zum Heiligen Abend leicht vier davon essen würd und die Schwiegertochter es mit einem Germteig nicht so hat. Dafür bindet sie unseren Adventkranz selber. Die ist ja ein wengerl eine Künstlerische, wie ich schon gesagt hab, und außerdem meint sie immer, dass die gekauften Kränze nicht gut ausschauen und viel zu teuer sind. Also bindet sie Fichtenzweige um einen Strohrohling, steckt vier rote Kerzen drauf – statt drei violetter und einer rosanen, wie es gehört, weil ihr das so besser gefällt –, und Maschen bindet sie auch noch dran. Und dann lässt sie es gut sein, weil es nur wirklich schön ist, wenn es einfach bleibt, sagt sie.

Im Tal haben so gut wie alle ihr Haus aufgeputzt. Das ist ja jetzt seit ein paar Jahren modern, dass man Lichterketten ums Haus wickelt, die Dachrinne hinauf, den Balkon entlang und dann auch noch oben rund ums Dach. Und vor dem Haus steht ein Tannenbaum mit blinkenden Lichtern, daneben gibt es einen Schlitten mit einem Rentier. No, mit dem Rudolf. Früher hat es bei uns ein Christkind gegeben und nicht lauter Geschichten vom Nordpol und dem Weihnachtsmann. Und im Fenster steht jetzt auch oft ein Dreieck, auf dem Kerzen montiert sind, elektrische halt, und die leuchten auch. Das kommt wieder von den Bergleuten aus dem Erzgebirge, hat man mir erzählt. Das hat man bei uns gleich nachmachen müssen, genau wie die Geschichte mit den Kürbissen.

No bitte, wem es gefällt. Geschmäcker und Watschen sind verschieden, aber manchmal frag ich mich halt, was das noch mit unserem Weihnachten zum tun hat. Nur eines weiß ich. Die Rechnung für die Elektrik, die möcht ich nicht zahlen. Die will ich mir nicht einmal vorstellen.

Am Samstag vor dem ersten Adventsonntag hab ich mich vom Sohn ins Tal zur Frisurstube Heidi runterbringen lassen, weil ich ja keinen Führerschein hab. Im Kalender ist nämlich gestanden, dass es ein Löwentag ist, und das ist der rechte Tag zum Haarschneiden und auch fürs Dauerwellenmachen. Aber nicht nur deswegen hab ich hinwollen, sondern weil am Abend der Kathreinball beim Goldenen Hirschen angesagt war, die letzte Tanzerei bis Dreikönig und da wollt ich dabei sein.

Dabei war der fünfundzwanzigste November, der Namenstag von der Heiligen Katharina, schon vier Tage her, da heißt es sonst: Kathrein sperrt den Tanz ein. Da fangt das neue Kirchenjahr an und die Buß- und die Fastenzeit. Auch wenn man es heute nimmer so genau nimmt, hier draußen in Neiselbach wird es mit der Tanzerei noch so gehalten, aber dieses Jahr war es ein wengerl anders. Tanzen kann ich ja nicht mehr, aber feiern tun wir die Feste, wie sie fallen, das hat schon die Großmutter gesagt. Wenn es eine Hochzeit gibt, gehen wir hin, auch zu einer Taufe oder einem runden Geburtstag. Zu einem Begräbnis sowieso, und wenn es nur zum Kondolieren ist, da kann man Leute treffen und ein bissel was plaudern.

Und das war ja auch noch ein Grund, warum ich zur Heidi hab wollen, weil es in der Frisurstube Heidi immer was Neues zum erfahren gibt. Wir haben hier in Neiselbach ja kein Kaffeehaus, wo man hingehen könnt, nicht einmal einen Hauptplatz, weil wir ein Straßendorf sind. Kaffeehaus brauchen wir keines, weil wir alle selber Kuchen backen, bei den vielen Obstbäumen, die ein jeder von uns hat, und einen Kaffee kochen wir im Handumdrehen. Einen Hauptplatz, den brauchen wir eigentlich auch nicht, weil wir uns vor der Kirche oben in Siebenstein oder beim Goldenen Hirschen sehen können.

Ich bin zur Heidi gerade recht gekommen, weil die zwei, die da waren, schon fertig gewesen sind und nur noch ihren Kaffee zu Ende getrunken haben. Bei der Heidi kriegt man nämlich einen guten und, wenn man den nicht will, auch einen Tee. Oder in dieser Jahreszeit sogar einen Punsch, einen Kinderpunsch hat sie noch obendrein. Da hab ich mich schon auf das Kopfwaschen gefreut, weil ich das so gerne mag. Nur die Sessel bei der Heidi, die mit den Rollen, die mag ich nicht so gern, weil die beim Niedersetzen so leicht wegrollen und ich mit Stock da nicht gescheit zurechtkomm. Aber dann bin ich gesessen, den Umhang um den Hals, den guten Kaffee hab ich auch schon vor mir stehen gehabt, und gerade wie ich die Zeitung aufschlage, wo die Rede von Schauspielern und anderen Prominenten ist, sagt die Wendel-Kathi auf einmal, dass es einen richtigen Unfrieden geben wird, heut am Kathreinball. Und dass sie sich fragt, ob man das nicht dem Herrn Pfarrer sagen sollt. Dann hat sie ihren grauen, dünnen Haarknödel geschüttelt, wie das so ihre Art ist, wenn sie sich besonders wichtigmacht. Da hab ich natürlich nimmer weiterlesen mögen, weil man wissen muss, was um einen herum passiert, auch wenn ich von Tratscherei noch nie was gehalten hab.

Dabei hätt ich gleich sagen können, dass, egal worum es jetzt geht, es den Herrn Pfarrer nichts angeht, weil der noch ein ganz ein Junger ist und noch nicht lang bei uns, erst seit der alte Herr Pfarrer von der Kanzel gefallen ist. Dafür hab ich zuerst einmal wissen wollen, worum es überhaupt geht, aber die Wendel-Kathi hat nicht gleich was gesagt und geheimnisvoll getan. Weil sie sich ja immer noch was drauf einbildet, dass unser alter Herr Pfarrer immer *letzte offizielle Jungfrau* zu ihr gesagt und sie oft zum Singen und zum Fürbittenlesen geholt hat. Sogar beim Krippenspiel hat sie haben wollen, dass ihr Neffe sich in die Krippe legen sollt, als Jesus-Kind. Aber das hat sie gleich vergessen können, weil der so ein Wilder ist und ein dicker Bub.

Da ist die Eingangstür aufgesprungen, aber wir haben nicht gleich sehen können, wer da jetzt reingekommen ist, weil die Heidi gleich bei der Tür einen grünen Filzvorhang aufgehängt hat, damit es nicht kalt von draußen reinzieht.

Die Frau Mizzi mit der grauen Zopfkrone war es, die früher einmal im Herrenhaus in Stellung war, damals, wie die Familie von Schwarz noch dort gelebt hat.

Auf die Sitzbank gleich bei der Tür hat sie sich fallen lassen, weil sie keine Luft mehr gehabt hat, als wenn sie den ganzen Weg von zuhause zur Heidi zu Fuß gelaufen wär, und über die Zopfkrone ist sie sich mit der Rechten gefahren, als wenn die Haar unordentlich rausstehen würden. Nicht einmal Grüß Gott hat sie gewunschen.

Derschießen werden sie ihn!, hat sie laut geplärrt.

2

Es ist zu kalt für einen Fischgrätmantel, dachte Patrick Sandor, obwohl er gar keinen besaß. Auf der Suche nach einem solchen spazierte er jedoch durch den Resselpark in Wien. Graue Wege, bleiche Häuser, fahler Himmel.

In einer farblosen Welt kann man eine rote Wollmütze doch nicht übersehen, dachte er, setzte sich auf die mit gefrorenem Nieselregen überzogene Parkbank und legte ein Päckchen mit rosa Schleife neben sich.

Auch ein von Plastiksäcken überquellender Einkaufswagen kann einem kaum entgehen. Solch einen pflegte der Mann, den er suchte, zu schieben, mit Fischgrätmantel und roter Wollmütze angetan. Ein Stadtflaneur. Es war Herbst in Wien gewesen, da hatte man sich kennen gelernt, und auch wenn man an diesem Tag ein Rendezvous im Resselpark nicht explizit vereinbart hatte, war Sandor doch beunruhigt. Zum vierten Male war er hierhergekommen, seinen Bekannten hatte er nicht angetroffen. Patrick Sandor, Doktor der Jurisprudenz, hatte im Zuge seiner beruflichen Laufbahn die Wahrscheinlichkeitstheorie schätzen, aber auch respektieren gelernt. Und sie verhieß dieses Mal durchaus nichts Gutes. Patrick Sandor, der es, lauschte man den Erzählungen seiner Eltern, vorgezogen hatte, mordenden Proleten nachzujagen, anstatt Diplomat zu werden, war tatsächlich so weit gegangen, Obdachlose nach dem Verbleib seines Bekannten zu fragen. Vielleicht hatten sie nichts gewusst, vielleicht hatten sie dem Mann im dunkelblauen Kaschmirmantel, grauen Anzug und handgenähten Schuhen keine Auskunft geben wollen. Datenschutz der Straße.

Die Sorge, dass der Fischgrätmantel für die Jahreszeit nicht passend war, verlor angesichts des Verschwundenseins seines Trägers an Bedeutung. Sandor konnte Spitäler anrufen und den Polizeiapparat für ein Ausforschen in Gang setzen. Für einen Sektionschef keine veritable Herausforderung. Ein Titel übrigens, der seine Eltern entzückt hatte. Patrick Sandor tat aber nichts dergleichen, auch ein Stadtflaneur hat ein Recht auf eine Privatsphäre. Davon war er zu guter Letzt überzeugt.

Und wäre ihm Dramatisches zugestoßen, diesem seinem Bekannten, hätte er davon hören müssen, von Polizei oder Feuerwehr zum Beispiel, versuchte er sich zu trösten.

No news are good news, hätte Fiona an dieser Stelle wohl gesagt. Aber auch an seine Verlobte wollte er in diesem Moment nicht denken müssen. Nicht jetzt und auch nicht hier.

Aus der rechten Manteltasche zog er sein Handy.

„Schaukeln Sie in einer Gondel des Wiener Riesenrads oben im Nebel, mein lieber Müller, und halten der Liebsten Hand?“, fragte Patrick Sandor, das Handy am linken Ohr, und zupfte die rosa Schleife am Päckchen zurecht.

„Ihnen geht's nicht gut, weil Weihnachten vor der Tür steht, gell?“, schnaufte Kriminalinspektor Müller in sein Telefon und blieb beim Zebrastreifen eines Straßenübergangs stehen. Die Fußgängerampel stand auf Rot. „Wo sind Sie denn überhaupt?“, wollte er noch wissen. „Doch nicht schon wieder im Resselpark?“

Sektionschef Dr. Patrick Sandor war seit der Bekanntschaft mit einem obdachlosen Menschen eher schwierig geworden, dies hatte Kriminalinspektor Müller schon vor einer hübschen Weile konstatiert. Nicht, dass er jemals wirklich einfach gewesen wäre – was nicht unbedingt nur damit zu tun hatte, wie er aufgewachsen war. Er war mit vier Geschwistern im tiefsten Burgenland groß geworden, in einem äußerst hässlichen Haus, das man, so dahingeschwätzt, als Schloss bezeichnete. Grosso modo war nur ein kleiner Teil des Gebäudes beheizbar gewesen, genügend Geld für weitere Eskapaden nicht vorhanden. Mit zehn Jahren hatte man ihn aufs Internat nach Wien geschickt, sich am Gymnasium Allgemeinwissen anzueignen, und Savoir-vivre bei Großmama. Ihre Begabung, Kondolenzschreiben zu konzipieren, war geradezu legendär gewesen.

Müller zupfte an seinem rotblonden Schnurrbart, zog schaudernd die Schultern hoch. Für Ende November war es nicht sonderlich kalt, aber der feuchte Nebel kroch einem ins Gebein. „Los, stehen Sie von der Parkbank auf, Herr Sektionschef!“, befahl er und lächelte.

Dies sollte Bewegung in die Sache bringen, den Titel estimierte sein Chef Sandor ganz und gar nicht. Die hysterisch anmutende Beglückung seiner Eltern ob der Verleihung seinerzeit mochte damit zu tun haben.

„Sagen Sie noch einmal Sektionschef zu mir, dann verrate ich, wem auch immer, Ihren Vornamen“, sagte Patrick Sandor.

Ignaz genannt zu werden, hatte Müller immer geschmerzt, was angesichts moderner Namenskreationen schwer nachzuvollziehen war. Ihn schlicht beim Nachnamen zu rufen, war jedoch zu einer lieben Gewohnheit geworden, und Müller blieb auch privat einfach Müller für jedermann. Statt – wie bei mancher Namenswahl durchaus angemessen – mit einer Klage gegen die Eltern zu kokettieren, hatte sich Müller hingegen auf seine Art und Weise an seinen sozialistischen Eltern revanchiert. Als Jüngstes von sieben Kindern in einer Gemeindewohnung im Karl-Marx-Hof aufgewachsen, war er nicht Arbeiter geworden, sondern Beamter. Er war zur Polizei gegangen, und wenn er zufrieden war, pfiff er den Radetzkymarsch, nicht die Internationale. Dies nahm man im Hause Müller noch immer persönlich.

„Na, das möcht ich sehen!“, schmunzelte Müller und klappte seinen Jackenkragen hoch. „Ich bin dann gleich bei Ihnen“, fügte er noch hinzu.

Am Morgen hatte man im Radio noch von Hochnebel gesprochen, am Nachmittag hatte sich Sandor den Turm des Stephansdoms denken müssen, als er vom Karlsplatz die Kärntner Straße entlanggeblickt hatte, denn zu sehen war er nicht gewesen. Jetzt kroch der Nebel im Park Spazierwege entlang, umarmte Sträucher und Bäume, und hinter einer Blumenrabatte vermeinte Patrick verschwommen einen Hund auszunehmen.

„Muss ich Sie jetzt immer hier abholen?“, sagte eine männliche Stimme hinter seiner Bank.

„Als würde man in einem Gemälde von Whistler sitzen“, sagte Sandor und breitete die Arme aus.

„Das muss ich jetzt nicht wirklich verstehen“, sagte Müller und rieb die Hände, „auf ein paar Würstel mit Gulaschsaft sollen Sie mit mir gehen.“ Die Aufforderung war nicht selbstlos, Müller konnte sich für diese seine Leibspeise zu jeder Tageszeit erwärmen. „Von dem, was da in dem Sackerl ist, werden Sie nicht satt werden“, fügte er noch hinzu und wies mit dem rundlichen Zeigefinger auf das Päckchen mit der rosa Schleife.

„Das ist kein Proviant, sondern ein Mitbringsel“, sagte Patrick Sandor, zog sein welkes Stecktuch aus der Brusttasche, schüttelte es, steckte es wieder an seinen Platz.

„Sind Sie heute noch wo eingeladen?“, fragte Müller und tastete in seiner kurzen Jacke nach einem Taschentuch. Rinnende Nasen konnten einem den Winter schon verleiden.

„Ich bin schon angekommen, en vérité“, sagte Sandor, „ich dachte, meinen Freund im Fischgrätmantel hier anzutreffen.“

Konfekt von der Konditorei Demel hatte Sandor ihm mitgebracht, dem Connaisseur. Wie all die anderen war auch er nicht immer Obdachloser gewesen. Von ziemlich weit oben musste er herabgepurzelt sein, er hatte Sandors handgenähte Schuhe erkannt, auch ohne die lärmenden Eisenplättchen, die anzubringen Sandor seinem Schuster verbot. Das Geschepper fand er ordinär.

Nun, sein Bekannter hätte sich gefreut, die Schultern hochgezogen, die Handflächen zum Himmel gedreht, aus *Buddenbrooks* zitiert: „Da weiß man doch, was man verschluckt.“

Ein Seelenverwandter, dachte Sandor.

„Es hat nicht sollen sein“, sagte er zu Kriminalinspektor Müller und erhob sich.

„Was machen wir mit dem angebrochenen Samstagvormittag?“, fragte Müller und zog schaudernd die Schultern hoch. Die Passion seines Chefs für Parkanlagen bei Wind und Wetter machte ihm zu schaffen.

„Würstel essen gehe ich jetzt mit Ihnen, und dann, dann fahre ich hinaus nach Neiselbach“, sagte Patrick Sandor, zog die rehledernen Handschuhe über und nahm das Päckchen mit der rosa Schleife von der Bank.

Er hatte im gebirgigen Neiselbach ein kleines, gelbes Haus mit grünen Läden und überschaubarem Gemüsegarten, das auf der Südseite hinter einer zweihundert Jahre alten Esche versteckt lag. Seine Leidenschaft für pannonische Tiefebene hatte sich im Laufe der Jahre erschöpft, aber ohne seinen Zufluchtsort in der Provinz hätte ihn Wien die letzten Jahre noch mehr ennuyiert, als es ohnedies schon der Fall war.

„In das ungeheizte, eingeschneite Haus?“ Müller vergaß weiterzugehen.

„Alles ist besser, als hier in Wien zu verweilen, bei unkultivierter Weihnachtsdekoration und buckelnden Verkäuferinnen.“ Sandor lächelte. „Und was werden Sie heute noch treiben?“

„Ich werde lange nicht nach Hause gehen“, sagte Müller, zog den Kragen höher, steckte die Fäuste in die Jackentaschen.

„Malaise mit Frau Lisi?“, fragte Sandor und hielt Müller das Konfektpäckchen hin. „Eine Wiedergutmachung. Erzählen Sie nicht, dass es für jemand anderen bestimmt war.“

„Das süße Zeug hab ich nicht so gerne.“ Müller nahm die Hände gar nicht erst aus den Jackentaschen.

„Wer spricht denn von Ihnen?“, sagte Sandor und hob die Augenbrauen.

„Na, mir geht es nicht gut, die Lisi hat es eh lustig“, antwortete Müller und hob ein wenig das Kinn.

Jahrelang hatte er alleine in einer kleinen Wohnung in der Ausstellungsstraße vis-à-vis vom Riesenrad gelebt, um sechs Uhr in der Früh gestaubsaugt und nicht im Entferntesten daran gedacht, jemanden in sein kleines Reich zu lassen. Wenn man mit so vielen Menschen auf engem Raum aufgewachsen ist, liegt so etwas wohl nahe. Außerdem hatte Müller eine Schwäche, die er mit niemandem teilen und die er auch niemandem mitteilen wollte, eine Schwäche für Schaumbäder. Aber dann war Frau Lisi doch eingezogen, und man hatte, nach einigem Hin und Her, erst vor kurzem durch die Wand des Wohnzimmers in die Nachbarwohnung durchgebrochen.

„Lisi verhübscht das Loch in der Wohnzimmerwand“, sagte Müller und dachte an die herumstehenden Farbkübel, die flatternde Plastikabdeckung. Derzeit konnte er sich beim besten Willen nicht vorstellen, dass aus dieser Baustelle jemals wieder ein Heim werden könnte. Frau Lisi sah es anders. „Und Ihre Verlobte?“, fragte Müller noch. Der Moment schien für indiskrete Fragen passend. „Wird sie zu den Feiertagen aus Schottland herüberkommen?“

Erst gestern hatte Fiona Patrick Sandor Bilder eines gerade zur Welt gekommenen Hengstes geschickt. Und eines von ihr selbst, inmitten der Highlands auf dem ererbten Gestüt der Tante. Ein glückliches Lächeln im Gesicht, dreckige Gummistiefel, vom Winde zerzaustes Haar.

Er hatte Mahlers Fünfte aufgelegt, das Adagietto immer wieder abspielen lassen.

„Gestern war ich in der Währinger Straße, die Weihnachtsbeleuchtung ist grauenhaft“, sagte Patrick Sandor und blickte hinauf ins helle Grau. „Ich fürchte, meiner Verlobten sagt die Weihnachtsdekoration in Schottland mehr zu.“

3

Derschießen werden sie ihn!, hat die Frau Mizzi dann noch einmal gekeucht, wie sie wieder mehr Luft bekommen hat.

Was soll denn das heißen?, hab ich da gesagt. Wir sind ja hier in Neiselbach nicht in einem von diesen Cowboy-Filmen.

Die Wendel-Kathi hat sich die rechte Hand auf den Mund gedrückt, durch die Finger gestöhnt und die Augen verdreht.

Jetzt hör schon endlich auf, hab ich da zu ihr sagen müssen, weil ich mir gedacht hab, dass das jetzt keiner brauchen kann, eine, die in Ohnmacht fallt mitten in der Frisurstube, die Heidi am allerwenigsten, auch nicht, wenn die Wendel-Kathi nur so tut als ob.

Aber da ist die Tür schon wieder aufgeflogen, und die Binder-Hermi ist durch den Vorhang so durchgesprungen, dass wir uns fast geschreckt haben, alle miteinander, nur die Mizzi nicht, weil die gewusst hat, dass die Hermi gleich hinter ihr nachkommt. Und unter dem Arm hat sie ihren Hund mitgehabt, so einen kleinen, dunklen Mischling.

Erschießen werden sie ihn mir, weil sie mich in flagranti erwischt haben, das hat der Kerl zu mir gesagt, hat die Binder-Hermi nur so herausgesprudelt und den Hund an die Brust gedrückt als wie ein kleines Kind.

Wer wird hier wen erschießen?, hat da die Heidi gefragt.

No, meinen kleinen Waldi, hat die Hermi da gesagt, den Hund mit beide Händ hochgehalten und auf die Schnauze gebusselt.

Wieso denn das?, hab ich da gesagt. Was soll das überhaupt heißen, in flagranti hat man dich erwischt?

Das hört sich ja an, als hättest was angestellt. Und wer jetzt hier in Neiselbach solchene Sachen sagt, das hab ich endlich wissen wollen. Aber gesagt hab ich ihr auch, dass sie uns ganz schön erschreckt hat. Wir haben am Anfang ja wirklich geglaubt, dass einer einen Menschen erschießen will.

Einer von den neuen Jagdpächtern hätt das zu ihr gesagt, hat da die Binder-Hermi erzählt, grad wie sie auf der Straße vor ihrem Haus mit ihrem Liebling spazieren gegangen ist, ohne Leine halt, aber so mitten auf der Straße, was hätt der Waldi da schon tun sollen? Und außerdem wären sie dort zu Hause. Und dabei wär ihr Waldi praktisch ein Familienmitglied, anschauen tät er einen wie ein Mensch, das würd auch die Nachbarin finden, also wär es so, als würd man ihr das Kind erschießen wollen.

Ich kenn die Pächter nach den drei Jahren noch immer nicht, hab ich ihr da gesagt. Und das gehört sich so eigentlich gar nicht. Wenn man wo neu als Jäger ist und dort dann jagen geht, stellt man sich bei den Grundeigentümern vor, so macht man das.

Aber es ist schon so, dass das mit den Hunden und einem Jagdrevier immer was Heikles ist. Eigentlich ist bei uns in Neiselbach überall Jagdrevier, da kann man Hunde nicht einfach so laufen lassen. Die Städter machen das gern, dass sie zu uns rauskommen und ihre Hund überall hinrennen lassen, das giftet mich, überhaupt wenn sie dann sagen, dass ihr Hund eh nichts macht. Wer es glaubt, wird selig, sag ich dann jedes Mal.

Aber das da war wirklich ein Schmarrn, weil der kleine Waldi von der Binder-Hermi ja nicht alleine herumgelaufen ist, sondern mit ihr auf der Straße war.

Und komisch war es vor allem, weil die neuen Jagdpächter gar nicht von hier waren, sondern aus Wien, Zugereiste also, da fragt man sich schon, ob die jetzt, nur weil sie eine Jagdpacht zahlen, glauben, dass ihnen alles gehört. Das ist im Tal sowieso jedem sauer aufgestoßen, dass man die Jagd zwei Wienern geben hat müssen, weil sich bei uns im Tal niemand gefunden hat, der die Pacht für die sechshundert Hektar, für die Jagd beim Rauberfelsen, hätt zahlen können. Es ist nicht mehr so wie vor ein paar Jahren, wo die Leut noch mehr Geld gehabt haben und nicht jeden Groschen umdrehen haben müssen. Ein Revier muss man für ganze zehn Jahre pachten, und das ist eine hübsch lange Zeit. Wer von Haus aus eine kleine Jagd hat, bewirtschaftet sie weiter, aber mehr will und kann sich keiner antun. Wo auch noch die Wildpreise im Keller sind. Im Gasthaus zahlst ein Vermögen für ein Stückl Hirschfleisch oder gar ein Reh, und vom Wildbrethändler kriegst weniger fürs Kilo, als man für ein Kilo Hundsfutter zahlen muss.

So ein Verdruss, und grad so kurz vor der Adventzeit, nirgends kannst in Frieden leben, wenn der Nachbar es nicht will, hätt die Großmutter da gesagt. Und die Wendel-Kathi hat gesagt, dass das, was sie erzählen wollt, sowieso mit den neuen Jagdpächtern zum tun hätt. Die Sache, wo es dann einen Unfrieden am Kathreinball geben könnt und der Herr Pfarrer das doch wissen sollt. Dass die Jagdpächter nämlich in dem Winter die Hirschen nicht mehr füttern würden wollen.

Das war ja eigentlich interessant und gar nicht unwichtig, aber mir hat es jetzt schon pressiert, weil ich die Haare noch immer nicht gewaschen gehabt hab. Das mit der Dauerwelle dauert ja auch noch eine hübsche Weile, und die Heidi hat am Samstag nur bis Mittag offen. Also hab ich zur Wendel-Kathi gesagt, sie soll warten, bis das neue Mädel, die Lotti, mit dem Haarewaschen fertig ist, weil ich beim Wasserpritscheln nur die Hälfte oder gar nichts hör. Aber vor allem hab ich das Haarwaschen richtig genießen wollen. Die Geschichte wär mir eh nicht davongelaufen, aber wenn die Lotti hätt hudeln müssen, weil es schon spät war, wär es für mich die halbe Freud gewesen. Also haben alle noch einen Kaffee bekommen, und die Wendel-Kathi hat aufgehört, ein Gesicht zum ziehen.

Und wie dann die Lotti angefangen hat, die Haar auf die Lockenwickler zum drehen, ist es mit dem Erzählen auch schon losgegangen.

Die Wendel-Kathi hat jetzt erzählt, dass die Pächter aus Wien nicht mehr füttern werden in dem Winter und auch die nächsten Jahre nicht, die Hirschen nämlich. Rotwild hat sie eigentlich gemeint, nicht nur die Hirschen. Und auch kein Rehwild mehr.

Das hätten sie am Vortag am Gemeindeamt einem anderen Wiener erzählt, gehört hat das der Bruder, und der hätt es dem alten Alois erzählt. Dass es ihnen im letzten Winter gereicht hätt. Ein Schüppel Geld hätt das Futter gekostet, und eine Menge Arbeit wär es gewesen, weil man jeden Tag zur Fütterung hinaus ins Revier muss, mit der Scheibtruhe eine frische Maissilage auf die Futterkisteln aufteilen.

Da hab ich gewusst, dass es im Tal schon ein jeder gewusst hat, so vertratscht wie der Bruder von der Wendel-Kathi und der alte Alois sind. Aber es ist ja wirklich um was gegangen, nämlich um den Wald. Weil wenn das Wild nicht gefüttert wird, fangt es an, die Bäume zum verbeißen, und die sind dann kaputt.

Ich glaub, ein Städter hat keine Vorstellung, wie lang man in seinem Leben auf so einen Baum warten muss, damit aus dem was wird. Ungeschaut ein paar Jahrzehnte.

Da hat mich interessiert, was der Schönbacher-Bertl dazu sagen wird, weil dem der meiste Grund und auch der Wald in der Jagd gehört, und ich mir nicht hab vorstellen können, dass der mit sowas einverstanden ist.

Da werden wir heut Abend am Kathreinball einiges zum hören kriegen, wenn der Schönbacher-Bertl kommt, denk ich mir, hab ich gemeint. Aber eines musst mir schon noch erklären, hab ich dann zur Kathi gesagt. Was wär das alles leicht den Herrn Pfarrer angegangen?

4

Die Fahrt aus Wien war recht passabel, kaum jemand legte an diesem frühen Samstagnachmittag gesteigerten Wert darauf, in die Provinz zu fahren. Schnee war im Flachland nicht liegen geblieben, die Äcker waren nur angezuckert und machten einen devastierten Eindruck. Erst auf den Hängen des Piestingstals lag Schnee. Die steile Forststraße zu Patrick Sandors Haus war nicht geräumt, eine Reifenspur zog sich den Berg hinauf. Der Nachbar war da gewesen. Es kam öfters vor, dass man bei der Schneeräumung im Ort vergaß, dass hier oben auch noch ein Haus stand. Mit einem Geländewagen hatte man jedoch kein Problem, und es war ein Glück, dass Sandor, der für Autos sonst kein Penchant hatte, seit Jahren an einem alten, grünen Landrover hing, von einer Fahrzeugtechnik fasziniert, die nur eines Schraubenschlüssels bedurfte.

Rund um das Haus war Schnee geschaufelt, im Zentralofen brannten noch einige Holzscheite, sogar den Kamin hatte der Nachbar eingeheizt. Schon am Vortag war er hier gewesen, nicht nur an diesem Tag. Die Luft im Haus war warm, das Sofa, auf dem Patrick Sandor Platz nahm, fühlte sich noch kühl an. Das waren auch die Joppe und die Lederne seines Großvaters, die er aus dem Kasten holte. Es wäre ihm nicht im Traum eingefallen, hier am Land seinen grauen Anzug, das Gilet, die bordeauxfarbene Krawatte und das Stecktuch zu tragen. Solches trug er in der Stadt, stets grauen Anzug und Gilet, nur der Stoff wechselte der Jahreszeit entsprechend, Leinen oder Mohair. Einzige Farbtupfer waren die besagten maskulinen Accessoires. Mehr wollte sich Sandor mit Kleidung nicht beschäftigen.

Musizieren auf seinem Klavier im Oberstock reizte ihn nicht, und in einem Buch blättern konnte er, wenn die Dunkelheit hereingebrochen war. Auf einen ausgedehnten Spaziergang hatte er Lust, um Gedanken auszulüften. Den Berg hinunterwandern, vis-à-vis den Berg wieder hinauf, zur Kirche nach Siebenstein. Da hat man ein Ziel, stolpert nicht in der Landschaft herum, dachte er.

Den Landrover ließ er stehen. Es dämmerte bereits, als er am Friedhof eintraf, der gleich bei der Kirche lag. Auf allen verschneiten Gräbern flackerten Grablichter, zu sehen war niemand mehr. So hatte Sandor es sich gewünscht. Niemandem Guten Tag zu wünschen – dazu war noch Zeit, wenn er im Goldenen Hirschen zu Abend aß, so hatte er während des Spazierens entschieden. Gemächlich schlenderte er zwischen Gräbern, blieb von Zeit zu Zeit stehen, las Namen, Geburts- und Sterbejahr. Die Lebenszeit hatte es ihm angetan. Als der Wind kräftiger wehte, musste er unwillkürlich lächeln. Windstill war es nie hier oben in Siebenstein, dafür sorgten die Toten, so hatte man ihm erzählt.

Wunderbar, Wien entkommen zu sein, der vorweihnachtlichen Jahreszeit und ihren Weihnachtsliederendlosbändern. Wenn er es recht bedachte, würde er bis Weihnachten so viel Zeit wie nur irgend möglich hier am Land verbringen. Mein Gott, Wien. Er liebte diese Stadt, und dennoch ging ihm einiges gegen den Strich. Zu vieles hatte sich geändert, zu Beginn von ihm gänzlich unbemerkt. Feinkostläden, die man geschlossen, Cafés am Graben, die der Vergangenheit angehörten. Champignonmayonnaise vom Wild am Neuen Markt, Hühnerschüsselchen in Aspik beim Lehmann am Graben. Meine Kindheit, guter Gott, dachte Sandor verärgert.

Die jetzige Zeit fand er nicht spannend. Auch nicht die technischen Errungenschaften. Die dadurch ersparte Zeit zweifelte er an, wenn er nur an die Zeit dachte, die vonnöten, die täglichen Mails zu löschen. Dennoch hatte er nicht die Absicht, eine ernstzunehmende Studie über die verlorene Zeit zu verfassen, an der die moderne Welt schuld war. Facebook und Twitter. Die Jungen hatten zu kommunizieren verlernt. Die Verhöre, die er mit jugendlichen Straftätern führen musste, glichen immer mehr einem redeungewandten Gestammel. Und jeder, wirklich jeder, hatte heute durchaus das Gefühl, etwas Wichtiges zu sagen zu haben. Die Plattform dazu bekamen sie im Internet auch geboten. Wo waren sie geblieben, die schlichten Verbrecher mit ihrer blumigen Sprache.

Geistig retardierte Proleten hat es schon immer gegeben, dachte Patrick Sandor, aber früher hat man von ihnen und ihrer Nabelbeschau kaum etwas gesehen oder gehört.

Kurz schloss er die Augen, hob die Nase witternd wie ein Jagdhund in den Wind. Keinen Hut aufgesetzt zu haben, fand er wunderbar. Wie ein Mann, der aus der Zeit gefallen, stand er am Friedhof in Siebenstein, mit seinem dunklen, über den Kopf nach hinten gekämmten Haar.

Da konnte er es hören: Vom Wind herübergetragene Orgelmusik. Barock. Als er lauschend vor der Kirchentüre stand, saß plötzlich Bachs Adagio in seiner Kehle, und in seinem Inneren begann etwas zu schwingen. Ein Versprechen. Nur welcher Art dieses Versprechen war, wusste Patrick Sandor nicht zu sagen.

5

Viele sind auf den Kathreinball gekommen, mehr als wie ich gedacht hab, wo doch das Wetter am Abend gar nicht so schön gewesen ist. Es hat geweht wie nicht gescheit, und manchmal ist ein Ast durch die Luft geflogen, das hört man immer wieder, dass da einer verletzt wird. Aber der Sohn ist mit der Schwiegertochter und mit mir praktisch bis vor die Haustüre vom Goldenen Hirschen gefahren, damit ich mit den orthopädischen Krankenkassaschuhen und dem Stock nicht weit gehen muss. Da haben wir dann auch zu den Ersten gehört, weil ich mir immer gern einen Platz aussuche, wo ich viel sehen kann und nicht mehr aufstehen muss, weil tanzen, das hab ich gewusst, das tu ich nicht mehr.

Ich hab mein Neiselbäcker Dirndl angehabt, das mit dem blauen Mieder und dem schwarzen Rock, nur die Festtagsschürze war neu, weil die alte nichts mehr gleichgeschaut hat. Eine rechte Freude war das, wen man da alles wieder getroffen hat. Auch wenn wir alle in Neiselbach wohnen, haben wir nicht immer Zeit, dass wir zusammenkommen, für eine längere Plauderei halt. Nach der Kirche sieht man sich schon, aber dort kommen auch nicht alle hin, vor allem die Jüngeren nicht mehr. Schon gar nicht, wenn es in der Kirche anfangt, kalt zum werden. Nur zu den großen Festtagen.

Die Musi war schon da, drei Bläser und eine Ziehharmonika, die haben einen Landler gespielt, da war es gleich ganz gemütlich, und auf den Tischen sind große Platten gestanden mit Fleischlaberln drauf und kleineren Schnitzerln und Hendlhaxerln. Und dazu Schüsseln mit Erdäpfelsalat und Gurkensalat und auch mit einem grünen. Das war eine gute Idee, weil es da kein Gedränge an einem Buffet hat geben können. Wenn alle nach der Speisekarte bestellt hätten, wär es besonders zwider gewesen, weil die in der Küche mit dem Kochen und Herrichten nicht fertig geworden wären. Da werden die Gäste grantig, wenn alles so lang dauert. So hat aber alles gepasst.

Fest und viel ist getanzt worden, mehr als wie vor ein paar Jahren noch, ist mir vorgekommen, aber das hat vielleicht mit den Tanzsendungen im Fernsehen zum tun, die jetzt wieder modern sind. Vor zwanzig Jahren war das nicht so, da hat sich jeder von den Jungen was drauf eingebildet, wenn er nicht tanzen gegangen ist. Aber jetzt ist das anders und schon beim Zuschauen eine Freud, richtig gejuckt hat es mich in den Füßen, und wie immer hab ich mitwippen müssen, es ist schon ein Gfrett, wenn das nicht mehr so geht, wie man will. Und wie die Musi dann was Langsames gespielt hat, ist doch wirklich der alte Alois zu mir gekommen, mich zum Tanz holen, der narrische Kerl, der früher einmal Gärtner im Herrenhaus gewesen ist, wie dort noch die Familie von Schwarz gewohnt hat.

No, ich hab gleich nein gesagt, aber der Alois hat sich nicht so leicht abschütteln lassen.

So einen Lamourhatscher bringen wir auch noch zusammen, hat er gemeint, aber ich hab mich nicht umstimmen lassen. Den Ärger brauch ich nicht, dass ich vielleicht auch noch hinfall. Aber dass er sich zu mir hersetzen soll, das hab ich ihm gesagt, weil ich gewusst hab, dass er sicher wieder viel zum erzählen haben wird. Der Alois kommt ja ganz schön herum, auch wenn er jetzt im Winter nicht so oft mit seinem Moped unterwegs ist, aber er findet sich immer einen, der ihn mitnimmt. Zuhause hat er ja niemanden, er lebt ganz alleine. Früher einmal hab ich gedacht, dass aus der Mizzi und ihm ein Paar werden könnt, aber es hat nicht sollen sein.

Und weil ich nicht gewusst hab, ob wir eine Weile ungestört tratschen können, und weil es mich interessiert hat, hab ich ihn einmal gefragt, ob die Jagdpächter heut Abend auch am Kathreinball sind. Hätt ja sein können, weil der Ball keine geschlossene Gesellschaft war.

Da hat er gesagt, dass er noch keinen von ihnen gesehen hat; und ich hab gesagt, dass ich sie gar nicht erkennen tät, wenn sie da wären, weil sie sich bei uns am Hof nicht vorgestellt haben. In all den drei Jahren nicht.

Den einen würd man ganz leicht erkennen, weil der immer und überall mit einem Ordner und einer Rechenmaschine unterm Arm herumrennen würd, auf ganz wichtig, und den anderen, weil er dauernd hinter dem mit der Rechenmaschine herrennt, hat der Alois gesagt. Und dass er schon öfter gehört hat, dass der eine einen Haufen Geld haben soll, aber wer von den beiden, würd keiner wissen. Da hat er dann ganz laut aufgelacht, und ich hab mitlachen müssen, weil vor allem die Männer jeden Blödsinn glauben, den man ihnen erzählt.

Das kann ich schon nicht mehr zählen, was man mir in meinem Leben von reichen Leuten erzählt hat. Der Letzte war einer aus Rohr, und der war so reich, dass er sich dann gleich erschossen hat, so hoch wie dem seine Schulden in Wirklichkeit gewesen sind. Heut ist ja fast alles nur mehr geborgt, das ganze Leben eigentlich, das Haus auf Kredit, das Auto vom Leasing, auch die Möbel sind nicht mehr bezahlt und für einen Urlaub sparen, das tun nur noch die Wenigsten. Wenn die Urlaubsbilder schon ganz blass sind und die Küchenmöbel zerkratzt, zahlt man die Raten noch allweil zurück. Und wenn man das alles zusammenzählen würd, trifft einen der Schlag, weil man am Ende so viel Geld mehr hinlegen muss. Dafür kann man heut gar nicht mehr sagen, ob wer Geld hat oder nicht, solang man nicht weiß, wie hoch dem seine Schulden sind.

Wie ich dem Alois aber erzählt hab, dass die Wendel-Kathi am Vormittag bei der Heidi gemeint hat, dass die beiden das Wild nicht mehr füttern wollen, ist dem Alois das Lachen im Hals stecken geblieben. Weil das Nichtfüttern keine gute Idee ist, hat er gesagt. In den anderen Revieren rundherum wird nämlich gefüttert, wenn der erste Schnee gefallen ist, und es liegt auf der Hand, dass unsere Hirschen dann dorthin rennen, und das bis Ende April. So lang muss man nach dem Gesetz füttern, wenn es eine Fütterung gibt.

Der Knatsch ist vorprogrammiert, hat der Alois dann gesagt, weil nicht nur der Wald darunter leiden wird, sondern die Jäger schiach sein werden, weil das Futter nicht billig ist und man das Wild aus einem anderen Revier nicht auch noch mitfüttern will.

Da sieht man ja, was man davon halten kann, wenn im Tal gesagt wird, dass einer von den beiden Jagdpächtern so reich ist. Dabei haben die beiden nie jemanden eingeladen in den drei Jahren, auf kein Bier und auf keinen Gespritzten. Und wenn man das Geld für eine Jagdpacht hat, dann sollt man das Geld für ein Wildfutter auch haben, hat der Alois auch noch gesagt. Und dass er sich dunkel erinnern könnt, dass man bei der Verpachterei damals gemunkelt hätt, dass nicht alles mit rechten Dingen zugegangen wär.

Dass der eine von den Wienern über einen Beamten in der Bezirksbehörde was gewusst hätt und deshalb gerade die zwei Großkopferten beim Revier vom Rauberfelsen zum Zug gekommen wären. Gerade die.

Und dass es ihn eigentlich nicht wundern würde, wenn irgendwer wegen der ganzen Geschichten mit den Jagern einen Gachzorn kriegen tät.

Dann ist die Mizzi zu uns gekommen auf einen Plausch. Fesch war sie mit ihrer Zopfkrone und ihrem Dirndl. Da hat man wieder einmal sehen können, was so ein Dirndl für eine fesche Büste macht. Es gibt ja keine Frau auf dieser Welt, der ein Dirndl nicht steht, kein Kostüm und kein Kleid können da mithalten. Die Meinigen hab ich so gut wie nicht gesehen, die sind gleich zum Tanz, kaum dass sie gegessen gehabt haben. Hinten hat man die Fenster schon ein bissel aufmachen müssen, weil es mit der Tanzerei und dem guten Essen ein wengerl warm geworden ist. Es sind immer mehr Tänzer geworden, und auf der einen Seite hat man die Tische und Sessel zurückgeschoben, damit mehr Platz ist. Da hat sogar der Alois die Mizzi zum Tanz geführt, grad wie die Musi einen Boarischen zum spielen angefangen hat. Sie sind ein fesches Paar, hab ich mir gedacht, aber was willst machen? Manchmal kommt es im Leben anders, als wie man denkt, hätt die Großmutter wieder gesagt.

Dann hat die Musi eine Pause gemacht, die haben was zum essen bekommen und jeder auch ein Krügel Bier, das haben sie sich wirklich verdient gehabt, so schön, wie sie gespielt haben. Und grad wie die Pause war, ist der Schönbacher-Bertl dahergekommen, in der Tür stehen geblieben und hat sich erst einmal umgeschaut, dann hat er weiter hinten jemandem zugewunken. Auf den hab ich schon vergessen gehabt bei all den Leuten, dabei hätt ich mir denken können, dass er kommt, weil er der Kapellmeister von unserer Neiselbacher Kapellen ist.

Ich hab den Schönbacher-Bertl noch nie mögen. Aber grad in einem Dorf muss man lernen, dass man mit Leut auskommt, auch wenn man sie nicht mag, weil man ihnen nicht so leicht wie in der Stadt aus dem Weg gehen kann.

Fesch und groß mit den vielen schwarzen Locken am Kopf war er schon immer, der Bertl. Als Kind braungebrannt wie ein Spanier und Augen wie dunkle Brombeeren. Und herausgeputzt war er auch allerweil, hat dauernd achtgegeben, dass er was hermacht.

Großbauer war er schon seit ein paar Jahren, im Tal den meisten Grund und Boden. Und das war schiach für den jüngeren Bruder vom Bertl, den Luis. Weil die Schönbachers, also die Eltern von den beiden, eigentlich recht wenig gehabt haben. Aber wie der Bertl noch keine zwanzig war, ist der Pfeiffer-Schurl gestorben. Der ist sehr reich gewesen und hat dem Bertl alles hinterlassen, weil er selber keine Kinder gehabt hat. Dem Luis hat er gar nichts hinterlassen, aber nicht einmal irgendwas. Das war nicht gescheit, weil ja jeder zum reden angefangen hat, und es hat nicht lang gedauert, da hat man gesagt, dass die Schönbacherin einen Ausrutscher gehabt haben muss, weil es sonst keinen Grund gäb, wieso der Bertl alles vom Pfeiffer-Schurl kriegt und der Luis von ihm nichts. Dem Schurl hat man das nicht mehr sagen können, weil der schon tot war, und die Schönbacherin hat man nicht mehr fragen können, was da eigentlich los war, weil die auch schon tot war. Nur mehr den alten Schönbacher hätt man fragen können, aber der war da schon so deppert gesoffen, dass man das auch nicht mehr hat wollen. Wer weiß, vielleicht hätt er so oder so nichts zu sagen gewusst. Aber der Bruder, der Luis, der war da nicht mehr gut zu sprechen, auf den Bertl nicht und auch nicht auf die Welt, weil er ganz leer ausgegangen ist.

Und dann hat der Schönbacher-Bertl noch eine Geschichte dazu erfunden, als ob die eine mit dem Pfeffer-Schurli nicht schon gereicht hätte. Wenn man sich über seine Mutter schon das Maul zerreißt, dann kann er eine noch gepfeffertere Geschichte erzählen, hat er sich vielleicht gedacht. Und dafür hat er gesagt, dass der Graf Fürchtenbert sein Vater ist und der Hanno Fürchtenbert sein Bruder. Aber dem alten Herrn Grafen wär sowas nie eingefallen, das weiß ich, weil ich ihn gekannt hab. Der war kein Hallodri, der nicht, und außerdem ein ganz ein Blonder. Dass der Bertl ein ganz ein Dunkler ist, hab ich ja schon gesagt. Von der Mutter hat er das nicht haben können, weil die auch eine Helle gewesen ist und nur der alte Schönbacher ein Dunkler war. Und dann ist ihm dazu noch eingefallen, dass man nur mehr Robert zu ihm sagen sollt und nicht mehr Bertl. Aber da hat dann keiner mitgespielt.

Da ist die Rosi zu mir gekommen, weil sie mir die Bilder von der Jüngsten hat zeigen wollen. Sie ist schon länger nicht in der Kirche in Siebenstein gewesen, und wenn, dann hat man ja zur Messe nicht die Bilder von den Kindern einstecken. Vom Großvater hat sie mir noch erzählt, der jetzt im Heim lebt, weil er wurlad im Kopf geworden ist und keiner mehr auf ihn hat aufpassen können. So jemand kann dir ja leicht das Haus überm Kopf anzünden, nicht aus Bosheit, aber weil er sich gar nicht mehr auskennt.

Da ist der Alois mit der Mizzi zum Tisch zurückgekommen, der ist nach dem Boarischen mit ihr auf einen Lerchenen an der Schank gewesen. Ein Schnaps gehört bei uns schon dazu. Und zum erzählen haben die beiden auch was gehabt, weil der Schönbacher-Bertl, bevor er in den Tanzsaal gekommen ist, noch an der Schank stehen geblieben ist, weil dort zwei Jäger von den Nachbarrevieren gestanden sind. Und denen hat er erzählt, dass er letzte Woche in Wiener Neustadt gewesen ist, auf der Bezirkshauptmannschaft eine Anzeige erstatten, weil die zwei Jagdpächter von nichts eine Ahnung haben und deswegen eine Gefahr für die Menschheit sind. Genau so hat es der Alois gesagt. Die beiden Kasperln aus Wien würden nämlich nur schießen, was ein Geweih hat, keine weiblichen Tiere nicht und auch keine Kälber, weil man da keine Trophäe zum Herzeigen hat. Und deswegen stehen jetzt leicht viermal so viel Stück Rotwild im Wald herum wie noch vor wenigen Jahren. Da wär es kein Wunder, wenn die im Wald die Jungtriebe abfressen und den jungen Bäumen die Wipfel. Da könnt ja kein gescheiter Baum mehr herauskommen. In vierzig Jahren nicht. Das hat man ja schon bei der Hirschbrunft im September hören können, dass im Wald der Teufel los ist, weil man die Hirschen nicht zwei oder drei Wochen gehört hat wie sonst bei der Brunft, sondern leicht sieben Wochen lang, weil so viele weibliche Stücke unterwegs waren und die Hirschen nicht zur Ruhe gekommen sind. Da hat man sich schon fragen müssen, was dann im Frühsommer werden soll, wenn die neuen Hirschkälber gesetzt werden, da sind es ja gleich noch einmal so viele.

Aber nicht nur im Wald war es ein Theater, auch auf den Wiesen, weil das Wild dort viel abgefressen hat, und das fehlt dann den Kühen. Grad in diesem Sommer, weil die Witterung in dem Jahr ja auch nicht gescheit gepasst hat.

No, und das Theater mit dem Futter, das haben wir schon im Sommer sehen können, weil bei uns leicht fünfundzwanzig Stück Rotwild draußen auf der Wiesen gestanden sind. Früher einmal waren das nie mehr als wie sieben. Mich stört es ja nicht so sehr, weil ich ihnen gern zuschau, aber laut sagen darf ich das nicht. Das ist so wie mit dem Schnee.

Und dann, hat der Alois erzählt, hat der Bertl mit der Faust auf die Schank gehaut und gesagt, dass er jetzt einen von den Jagdpächtern erschießen wird, oder besser noch, gleich alle beide.

No, gescheit ist das nicht, das könnt der Falsche hören, hab ich da gesagt, und dass die Mizzi und ich sowas heut schon einmal gehört gehabt haben, aber da war es andersrum. Da haben die Jagdpächter jemand erschießen wollen.

Da hat der Alois gleich auch mit der Faust auf den Tisch gehaut, dabei war ich mit dem Reden noch gar nicht fertig, und hat sich aufgebudelt, dass man über den Bertl ja denken kann, was man will, aber wo er Recht hätt, hätt er Recht.

Du hast mich nicht ausreden lassen, hab ich da zum Alois gesagt. Den Waldi von der Hermi haben sie erschießen wollen, hab ich wieder angefangen, weil der auf der Straße vor der Hermi ihrem Haus mit ihr herumgelaufen ist.

Da siehst einmal, wie deppert die sind, hat da der Alois wieder angefangen, einen Hund darfst nicht schießen als Jäger, wenn er neben seinem Herrl oder dem Frauerl hergeht. Und dass es heut schon ein Graus wär, wer alles jagen gehen würd, hat er auch noch gesagt. Heut ist man wer, wenn man jagen geht, das glauben halt die Leut, hat der Alois dann gemeint, da brauchst ja nur am Jägerball schauen, wer dort aller herumkrallt. Von nix haben die eine Ahnung, wenn man die in einem Revier auslassen würd, wär es ein Drama.

No, am Kaffeesiederball sind ja auch nicht nur die Kaffeesieder, hab ich da gesagt, und bei die Philharmoniker ist es ganz das Gleiche, aber Gottes Tiergarten ist groß, hat schon die Großmutter immer gesagt, und blöde Leut findest überall. Auch bei den Jägern.

Aber Kaffee sieden geht keiner, und zu die Philharmoniker kommst auch nicht hinein, aber wenn man die Prüfung für den Jagdschein derpackt, dann könnt nichts und niemand mehr die Leut aufhalten. Und so wie die ausschauen, die, die aus der Stadt daherkommen, würd er, wenn er was zu sagen hätt, denen nie im Leben ein Gewehr in die Hand geben.

Da hat die Mizzi gesagt, dass das mit der Jagd jetzt auch schon wieder reicht. Die kennt ja dem Alois seine Leidenschaft, und dass der nie ein Ende findet, wenn er einmal damit anfangt. Und grad da hab ich gesehen, dass der Herr Sektionschef aus Wien, der bei uns schon vor einer Weile ein Häusel gekauft hat, in den Ballsaal hereingeschaut hat, aber gleich wieder rausgegangen ist. Ein ganz ein feiner Herr ist das, der Herr Doktor Sandor, jetzt sag ich ja nur mehr Herr Sektionschef zu ihm, auch wenn der Herr Kriminalinspektor Müller gesagt hat, dass er das gar nicht so gerne hat. Ehre, wem Ehre gebührt, hat die Großmutter immer gesagt. Der Herr Sektionschef ist mit seinem Kriminalinspektor hier heraußen schon bei ein paar kriminalistischen Fällen dem Singer-Simon beigestanden und hat die gelöst. Dabei hat er behauptet, dass ich das gewesen bin, weil er halt wirklich ein feiner Herr ist. Der Singer-Simon ist nämlich ein Gendarm, der kennt sich bei Unfällen gut aus, besser als wie in Mordgeschichten. Die Straße von Wiener Neustadt zu uns herein ins Piestingtal ist richtig gefährlich, so kurvenreich wie die ist. Jedes Jahr, wenn es schön wird, erschlagen sich ein paar mit den Motorradeln, leider nicht wenig Junge. Und dafür war der Singer-Simon auch gar nicht am Kathreinball, weil er Dienst gehabt hat. Ich hab mir ja schon gedacht, dass er sich den Dienst vielleicht stante pede ausgesucht hat, weil es manchmal eine feste Wirtshausrauferei gibt am Land, und er dann die Streithähne wieder auseinanderbringen müsst, dabei kann er sowas gar nicht leiden, als Gendarm sieht er auch so schon genug Zwideres.

Das wollt ich jetzt aber gar nicht erzählen, sondern dass der Herr Sektionschef sich in die Gaststube gesetzt hat, in die holzgetäfelte. Das hab ich gesehen, weil ich nach einer Weile aufgestanden bin, mich ein bissel bewegen, weil mir das Sitzen auf dem Holzsessel an dem Tag nicht so leicht gefallen ist.

Dort draußen ist er also wirklich gesessen, der Herr Sektionschef, mit dem Herrn Hanno, dem jungen Grafen Fürchtenbert, und beide haben mich ganz freundlich gegrüßt. Setzen hab ich mich nicht wollen, dazu bin ich ja nicht aufgestanden und hinausgegangen, dass ich mich gleich woanders hinsetze. Bei der Schank ist der Schönbacher-Bertl mit zwei anderen gestanden, mit einem Gespritzten in der Hand, und hat dauernd zu den beiden herübergeschaut. Vielleicht hat er darauf gewartet, dass die ihn zu ihrem Tisch herbitten, solchene Gedanken hätt man vom Bertl schon erwarten können. Ich glaub fast, dass der in all den Jahren, in denen er die Geschichte von der

Mutter und dem alten Grafen erzählt hat, schon selber daran geglaubt hat, dass er ein Bruder vom Hanno ist und ein halber Graf. Der Herr Sektionschef und der Herr Hanno haben aber nichts gemerkt, weil sie nicht zum Bertl hingeschaut haben.

Gefallen hat mir das nicht, aber ich hätt trotzdem nicht gedacht, dass die Adventzeit diesmal so gar nicht besinnlich werden könnt.

6

Bestürzt stellte Kriminalinspektor Müller am Samstagabend um sechs Uhr in seiner Wohnung in der Ausstellungsstraße vis-à-vis vom Wiener Riesenrad fest, dass sein Staubsauger nicht mehr funktionierte. Falls man diese Örtlichkeit überhaupt noch Wohnung nennen wollte.

„Er saugt nicht mehr!“, sagte er ein wenig laut – ohne Staubsaugerlärm wäre das gar nicht notwendig gewesen. „Nach lächerlich kurzen elf Jahren“, fügte er noch hinzu.

Lisi schüttelte bedauernd ihre blonden Locken und rührte weiter in dem Topf auf der Gasflamme. Wenn sich der Gulaschsaft jetzt anlegte, war alles verloren.

Und Müller argwöhnte angesichts seiner Leibspeise, die er übrigens bereits am späten Vormittag mit seinem Chef Dr. Patrick Sandor genossen hatte, schlechtes Gewissen, denn Frau Lisi hatte sonst weniger Hemmungen, sich kulinarisch an ihm zu versuchen. Abwechslung in den Speiseplan bringen, nannte sie dies, und eines Tages hatte sie sogar französische Fischsuppe mit Fischköpfen serviert. Müller war barsch geworden. Wenn er sich in dem, was einmal seine Wohnung gewesen war, umsah, hatte Frau Lisi zu schlechtem Gewissen auch allen Grund. Diesen Umbau hatte er nie gewollt. Er war mit seiner Wohnung glücklich und zufrieden gewesen.

My home ist my castle, hatte er in früheren Zeiten seinem Spielgelbild des Morgens öfters mitgeteilt. Damals, bevor Frau Lisi bei ihm eigezogen war.

Auch mit so einigem anderem war er glücklich gewesen, aber darüber wollte er im Moment nicht nachdenken, man geriet doch leicht in Rage und dann entschlüpfte einem die eine oder andere Unachtsamkeit.

„Dazu ist er nicht gebaut, der Staubsauger, für all den Baustellenschutt!“, sagte Müller und stellte das Gerät in die Ecke.

Lisi zog ein höflich-mitleidiges Gesicht, nickte zustimmend, legte Würstel in den Gulaschsaft, drehte die Gasflamme klein.

„Und ich auch nicht“, fügte Müller dann doch hinzu.

Mehr wollte er nicht mehr sagen. Hatte er früher einmal gedacht, er würde Frau Lisi ganz gut kennen, so musste er nach ihrem Einzug in seine Wohnung zugeben, dass er falsch gelegen war. Man war doch nicht so intim, hätte sein Chef Dr. Sandor dazu gesagt. Worte wurden auf Waagschalen gelegt, und Müller hatte das Gefühl, Frau Lisi in den letzten Monaten mehr gekränkt und enttäuscht als wertgeschätzt zu haben. Zumindest ließen ihre Tränen, die sie oft und zahlreich vergoss, wie ihm rückblickend schien, dies vermuten.

„Das Kinderzimmer ist eh bald fertig“, sagte Lisi und drehte sich nach ihm um. Früher, vor kurzem eigentlich, hätten ihn ihr appetitlich-rosa Teint und ihre einladend rundliche Figur entzückt, von dem eben Gesagten abgelenkt. Nicht so an diesem Tag.

„Ich sag lieber Gästezimmer“, entgegnete Müller – aufsässig geradezu. Und damit war es heraus und nicht mehr vom Tisch zu wischen.

Schweigend hielt Lisi einen Schöpfer unter den rinnenden Wasserhahn, stellte einen Teller in den Geschirrspüler, lehnte sich gegen die Arbeitsfläche.

„Für Gäste hätten wir nicht umbauen brauchen, wir haben nie welche“, sagte sie befleißigt sachlich. Und hätte sie dabei nicht die Augenbrauen hochgezogen, wäre das Thema Umbau an diesem Abend verbal wohl im Sand verlaufen. Doch nur bei seinem Chef war Müller gewillt, Augenbrauenhochziehen ausdrucksstark zu finden.

„Kinder haben wir noch weniger. Gäste kann ich mir einladen, Kinder muss ich erst kriegen“, sagte Müller, und es klang rüpelhafter, als er es im Sinne gehabt hatte, in einem objektiven Moment hätte er das eingesehen.

„Früher einmal hast du mich geliebt“, sagte Lisi mit zitternder Stimme und verdächtig blanken Augen.

Ich liebe dich noch immer, hätte Müller nun sagen müssen und sollen – und eigentlich auch wollen. Aber er tat es nicht.

„Was hat das jetzt mit dem Bauschutt zu tun?“, fragte er rhetorisch. Denn er nahm den Bauschutt so persönlich wie Lisi Liebeserklärungen, der Schutt lag auf seiner Seele, verletzte seine Gefühle. Nur, darüber schien sich niemand den Kopf zu zerbrechen. Lisi am allerwenigsten. Lisi hatte er nicht nur in sein Leben, sondern sogar in seine Bastion, seine Wohnung gelassen. Solches hatte er nie vorgehabt. In lärmender, personenreicher Familie großgeworden, war es von jeher sein Traum gewesen, alleine sein Dasein zu fristen. Es war anders gekommen.

Früher einmal war Frau Lisi, mit dem Polizisten Poldi verheiratet gewesen und war nur gekommen, wenn dieser Nachtdienst hatte, heimlich natürlich, weil man ihn nicht hatte verletzen wollen. Müller schätzte den Kollegen, mit seinem schlechten Gewissen hatte er selber fertig werden müssen.

Dann hatte Herr Poldi jemanden kennengelernt, die Scheidung begehrt und sich dennoch auf ein Handgemenge mit Müller eingelassen. Müller hatte ihm damals drei Zähne ausgeschlagen und, ganz Kavalier, Lisi bei sich einziehen lassen. Ein Opfer am Altar der Liebe, hatte er sich unlängst, nach zwei Krügel Bier sentimental gestimmt, vorgesagt.

„Du bist ja noch nicht einmal geschieden“, sagte Müller nun, und Lisis Unterlippe begann zu zittern.

„Das hier war einmal alles meins“, fügte er noch ein wenig kindisch hinzu, „und wie es war, hat es mir gefallen.“

„Du willst mich also hier nicht mehr haben? Ich soll zum Poldi zurück?“, sagte Lisi, schluchzte auf und kramte in ihrer Küchenschürze nach einem Taschentuch.

„Du kannst gar nicht zum Poldi zurück, der lebt mit seiner neuen Freundin“, sagte Müller und zupfte an seinem rotblonden Schurbart. Das entsprach der Wahrheit, aber hilfreich war es nicht. Aber zugeben, dass er den Umbau hasste und Kinderwünsche ihn zutiefst erschreckten, das konnte Müller nicht. Vielleicht hätte Lisi damit mehr anfangen können.

„Du drehst einem das Wort im Mund um“, sagte jetzt Müller, obwohl Lisi gar nichts gesagt hatte und sich das Taschentuch vor die Augen hielt. „Hauptsache, das wird hier alles schleunigst fertig, dann passt das schon“, sagte er versöhnlicher, streichelte Lisis rechte Schulter. Da schluchzte sie laut auf und murmelte Unverständliches in ihr zerknülltes Taschentuch.

„Ich versteh kein Wort“, sagte Müller sanft, wobei er angestrengt den Kopf schief hielt.

„Das geht sich nicht mehr aus, dass die Handwerker vor Weihnachten fertig werden“, stammelte Lisi undeutlich, den Rest konnte Müller nur erraten. Man habe noch zahlreiche andere Aufträge.

Die Hand, die Lisis rechte Schulter streichelte, ließ Müller fallen. Heiligabend – und seine Wohnung in

Trümmern. An einem Abend, an dem auch Gasthäuser geschlossen hatten, stand man auf der Straße oder auf dieser Baustelle oder schlüpfte bei seiner unsäglichen Familie unter. Letzteres niemals.

„Wieso haben wir jetzt ein Kinderzimmer gebraucht?“, sagte Müller betroffen. „Bei dem Lebenstempo komm ich noch zu meinem eigenen Begräbnis zu früh hin.“

7

Am Sonntag waren wir alle miteinander ganz schön spät dran. Es war ein Glück, dass an dem Sonntag die Messe in Siebenstein erst um zehn Uhr angefangen hat und nicht schon um halb neun, ich glaub, da wären wir nicht zurechtgekommen. Ich vielleicht ja schon, wenn der Sohn mir die Krankenkassaschuh angezogen hätt, aber die Meinigen hätten sich besonders schwergetan. Die haben ja keinen Heimgang gehabt beim Kathreinball, und deswegen ist es am Vortag richtig spät geworden. Früh ja eigentlich, weil wir erst in den Morgenstunden nach Haus gekommen sind. Und nicht in die Kirche zu kommen, grad an dem Sonntag, wär schad gewesen, weil es der erste Advent war und in der Kirche schon der große Adventkranz mit den weißen Kerzen aufgehängt war. Wenn der runtergelassen und die erste Kerze angezündet wird, wird mir jedes Jahr ganz warm ums Herz. Da gibt es ja wirklich welche, die Weihnachten gar nicht haben wollen, das kann ich von mir nicht sagen.

Vielleicht ist das in der Stadt so, weil es da ein Rummel ist, der mit dem Christfest gar nichts mehr zum tun hat. Überall hängen sie Beleuchtungen auf in den Straßen, manchmal schaut das gar nicht schön aus, denk ich mir oft, wenn ich das im Fernsehen seh, und in den Einkaufszentren spielt es sich ab, das glaubt man gar nicht. Da wird eingekauft, als möcht man das alles geschenkt bekommen, und dauernd wird der Handel, wie sie im Fernsehen sagen, gefragt, wie das Geschäft geht. Da wundert man sich schon, ob das jetzt die Hauptsache ist, auch wenn man verstehen kann, dass die Leut in der Wirtschaft was verdienen wollen. Also, in der Stadt möcht ich Weihnachten nicht erleben, ich glaub, da kommt man vor lauter Unruhe gar nicht mehr zum Denken. Bei uns wird aber noch viel gesungen und zusammengesessen, und man lasst sich zu allem halt ein bissel mehr Zeit.

Sehr viele sind nicht in die Kirche gekommen. Das hat mit dem Kathreinball zum tun gehabt, aber auch damit, dass man Advent noch an drei anderen Sonntagen feiern kann und es in der Kirche schon ganz schön kalt ist. Die dicken Mauern, die halten die Kälte von der Nacht, und am Tag wird es nicht mehr warm, die Heizung, die wir hier haben, die kann man gar nicht Heizung nennen. In Deutschland ist das anders, hat mir unser Organist erzählt, der ist in Leipzig in der Kirche gewesen, im tiefsten Winter letztes Jahr, wo so viel Schnee gelegen ist, und da hat er sogar seinen Mantel ausziehen müssen, so warm ist ihm geworden. Das Einzige, was mir halt wieder ein wengerl auf die Nerven gegangen ist, war das Singen von der Wendel-Kathi mit ihrer Fistelstimme. Die hat schon wieder Vorsängerin gespielt beim *Wir sagen Euch an den lieben Advent*, und der junge Herr Pfarrer hat auch nicht den Mut, ihr zu sagen, dass man das schon gar nicht anhören kann.

Es hat nicht mehr so geweht in Siebenstein, aber gebissen hat die Luft, und oben am Schneeberg sind die Wolken wie eine Tuchent gelegen. Die Schwiegertochter und ich sind noch zu unserem Familiengrab, das macht man bei uns, dass man nach den Gräbern schaut, ob alles in Ordnung ist und alles passt. Wir haben ein Adventgesteck aufs Grab gelegt, gleich auf den Schnee drauf. Den Erika hat die Schwiegertochter einige Wochen davor gepflanzt gehabt, Stiefmütterchen hat sie schon im Herbst nicht mehr wollen. Ich kann ihr ja bei sowas nicht mehr gescheit helfen, weil ich mir beim Bücken schon schwertu.

Am Friedhof hab ich den Herrn Sektionschef wiedergesehen, fesch war er in seiner Lodenjacken und seiner Ledernen, ganz zünftig, in Stadtkleidern rennt er in Neiselbach nie herum. Die Lederne hat er von seinem Großvater, hat er mir einmal erzählt, da sieht man noch, dass das eine alte Handarbeit ist, diese Stickerei. Heut kriegt man sowas nicht mehr oft, und wenn, kann man es nicht derzahlen.

Umgeschaut hat er sich auf den Gräbern und immer wieder was gelesen, ganz freundlich hat er gegrüßt und ein bissel mit mir geplaudert, aber nicht lang, da hat sein Handy geläutet und er hat weitermüssen.

Am Platz vor der Kirche war an dem Sonntag schon ein kleiner Stand aufgestellt, ein Punschstand, und das war eine gute Idee, weil man nach der Kirche was Warmes zum trinken vertragen hat können. Es sind schon ein paar da zusammengestanden, die gar nicht in der Kirche gewesen sind. Darüber hat sich die Wendel-Kathi gleich aufgeregt, und ich hab ihr gesagt, dass sie das nichts angeht. Ich hab vom jungen Herrn Pfarrer nie erlebt, dass der über die Leut, die nicht in die Kirche kommen, verstimmt gewesen wär, also braucht sie sich auch nicht aufbudeln.

Der Schönbacher-Bertl ist auch da gestanden, mit seinen schönen Locken und den dunklen Brombeeraugen, und hat gerade eine Frau mit roten Haaren auf einen Punsch eingeladen. Die war aber nicht von hier. Zwei Kinder hat sie mitgehabt, die sind hinten beim Kirchenwirten im Schnee auf der Schaukel herumgeturnt, die hat wer abgeputzt gehabt. Erst später hat mir die Schwiegertochter erzählt, dass die Frau mit den roten Haaren aus Reichenau war.

Es sind immer mehr Leut nach Siebenstein raufgekommen, das war nett, da haben wir noch ein wengerl plaudern können, woandershin wollten wir an dem Tag ja nicht mehr, weil wir am Vortag den Ball gehabt haben. Zum Mittagessen war auch nicht viel zu richten, wir haben nach dem Festmahl am Vortag nur eine Suppe und einen Gugelhupf zu Mittag essen wollen.

Die Mizzi, die natürlich schon in der Kirche gewesen ist, hat sich zu mir gestellt, und die Binder-Hermi ist mit ihrem kleinen Waldi auch noch dazugekommen. Den hat sie am Arm gehabt, und sie hat gesagt, dass sie mit ihm auch ein bissel in der Kirchen drinnen gewesen ist, in der letzten Bank. Sie hat ihn am Schoss gehabt, da hat er tief geschlafen, aber wie die Wendel-Kathi zum singen angefangen hat, hat er die Augen aufgemacht, und wie dann alle anderen mit der Orgel weitergesungen haben, da ist sie mit ihm aus der Kirche raus, er hätt ja zum bellen oder zum heulen anfangen können, und das wär ihr zuwider gewesen. Da hat sie dann den Waldi mit beide Händ hochgehalten und auf die Schnauze gebusselt.

Euer letztes Kind hat ein Fell, gell, hab ich da zur Hermi sagen müssen, weil drei Kinder hat sie, aber alle drei sind schon aus dem Haus, weil sie ausgewachsen sind, für die Landwirtschaft hat sich keines von denen interessiert, aber vielleicht wird das wenigstens mit einem Enkerl noch einmal was.

Da hat die Binder-Hermi auch lachen müssen und gesagt, dass der Ihrige, der Mann, auch ganz narrisch auf den Waldi wär, bei den anderen Hunden wär das so nie gewesen, und dafür hätt er die Jagdpächter aufgeschrieben, die zu ihr gesagt haben, dass die den Waldi erschießen würden.

Die sollen lieber aufpassen, dass ihnen selber nichts passiert, hätt der Mann gesagt, und dass sie sich besser um das Jagdrevier und das Wild kümmern sollten, weil man im ganzen Tal hören würd, dass alle schon richtig schiach sind. Es wär gescheiter gewesen, wenn die zwei Wiener nie nach Neiselbach gekommen wären, das würd ein jeder sagen. Und ihm sollten sie nicht mehr in die Nähe kommen, weil sonst was passieren könnt.

Sowas sagt man aber besser nicht, wenn dann nämlich wirklich was passiert, ist das immer eine dumme Geschichte, weil einem so ein Satz dann wieder einfallt. Das sieht man in jedem Krimi im Fernsehen. Und die Wendel-Kathi hat erzählt, dass schon der Schönbacher-Bertl gesagt hätt, er würd einen erschießen oder gleich alle zwei. Da hab ich ihr sagen müssen, dass man sowas besser erst gleich gar nicht weitererzählt, weil man das nicht ernst nehmen darf, was im Gasthaus bei einem Ball so gesagt wird, das ist schnell einmal dahergeredet, und dass Mannsbilder, wenn sie einmal in Fahrt sind, überhaupt erst dann zum denken anfangen, wenn die Blödheiten schon längst aus ihnen herausgesprudelt sind.

Man merkt halt schon, dass die Wendel-Kathi nie einen Mann gehabt hat, mit dem sie zusammen gelebt hat, sonst wüsst sie, wie wenig man das ernst nehmen kann. Aber mit so einer Tratscherei kann man was Arges anrichten, weil sich immer wer findet, der es glauben wird. Und dass jetzt die schöne Zeit kommen würd, hab ich auch noch gesagt, Advent und Weihnachten nämlich, und dass es an der Zeit ist, daran zu denken und nicht einen Unfrieden zu säen. Da hat die Wendel-Kathi ein Gesicht gezogen, weil sie sich ja mit den kirchlichen Feiern immer so wichtigmacht, als hätt sie sie erfunden, und jetzt hab ich sie an Weihnachten erinnern müssen. Das hat ihr gar nicht gepasst.

Da hab ich mit der Mizzi weitergeplaudert, weil sich der Frauenchor am nächsten Tag am Pfarrboden hat treffen wollen, zum Singen. Das ist ein schöner Brauch, die sind zu fünft und fahren in der Adventzeit in Neiselbach auf Krankenbesuch oder halt zu Menschen, die nicht mehr so leicht außer Haus kommen. Herbergssuche heißt das, da singen sie den Leuten was vor und bringen auch noch was zum essen mit, eine Bäckerei meist. Früher einmal war ich da dabei, jetzt geht es nicht mehr so, wie ich will. Aber zuhören am Pfarrboden tu ich ihnen immer und beim Liederaussuchen helf ich mit, weil ich noch weiß, was früher einmal alles gesungen worden ist.

Und grad wie ich rübergeschaut hab zum Kirchenwirt, ist der Alois aus der Wirtsstube gekommen. In der Kirche war er ja nicht, und so wie er angezogen war, muss er vorher im Wald gewesen sein. Sein Sonntagsgewand hat er nicht angehabt, nur den alten Lodenfleck und den speckigen Jagdhut, nicht den mit dem schönen Gamsbart. Den Schönbacher-Bertl hat er begrüßt, der war am Weg zur Kinderschaukel, wo die Kinder von der Frau, der er einen Punsch gezahlt hat, mit Schneebällen geschmissen haben. Da hab ich mir noch gedacht, dass ich nicht gewusst hab, dass der Bertl ein Talent zum Kinderschauen hat. Lang hab ich aber nicht mehr weitergedacht, weil es mir langsam kalt geworden ist. Dem Alois hab ich noch gesagt, dass er zum Nachmittagskaffee kommen könnt, wenn er sonst nichts zu tun hätt, und dann wollt ich schon gehen, geplaudert hab ich ja schon am Kathreinball gehabt, und über Nacht ist nichts Neues passiert. Dass an dem Sonntag noch was sein wird, das hat ja keiner ahnen können.

8

„Was ist mit einem späten Frühstück oder einem frühen Mittagessen?“, fragte Kriminalinspektor Müller seinen Dr. Patrick Sandor.

Müller stand am Sonntagvormittag kurz nach elf Uhr am Bahnhof in Neiselbach, das Handy ans Ohr gedrückt, und schwenkte eine kleine Sporttasche in der linken Hand.

Der Samstagabend war unbehaglich zu Ende gegangen. Lisi hatte ungezählte Taschentücher nassgeweint, Müller hatten die Würstel mit Gulaschsaft kaum gemundet. Die Frage, ob man sich liebe, stellte sich nicht – Müller war die Lust auf ein Gespräch vergangen. Nicht nur der Umbau ließ ihn grübeln, auch das Leben. Die Entscheidungen der letzten Monate hinterfragte er. Lisi ging es womöglich ähnlich, das konnte er nicht sagen. In der Tat erinnerte er sich an die Samstagabende vor Lisis Ära, die ihm nun geradezu verführerisch erschienen. Angenehm war ihm das nicht. Unkomplizierte, launige Abende beim Heurigen, im Gasthaus. Ohne Tränen und Schluchzen. Tückisch fand er selbst, dass er zwanghaft die Weihnachtsfeste der letzten Jahre Revue passieren ließ. Wenn die Erinnerung daran auch trügerisch, ja vergoldet anmutete, so war eines ganz gewiss: Auf einer Baustelle hatte er sie nicht verbracht.

„Wo treiben Sie sich herum?“, fragte Patrick Sandor. Müller hatte keinen Bereitschaftsdienst, und Sandor konnte kaum glauben, dass Müller, sein Müller, auf eigene Faust, freiwillig letztlich, zu dieser Jahreszeit Wien verließ und den ganzen Weg heraus in seine Nähe kam. Wobei Neiselbach lediglich läppische sechzig Kilometer von der Stadt entfernt war. Trotzdem, Müller fühlte sich nur in seiner Heimatstadt zuhause und auch am wohlsten, ein eigenes Auto besaß er nicht und ein Dienstauto hätte er wohl kaum angefordert. Nicht Müller. Er war bekannt für seine redliche, direkte Art. Undiplomatisch hätte man es manches Mal nennen können.

Nun gestand also Müller, dass er vor diesem grünweiß gestrichenen Bahnhofshäuschen aus Zeiten der Monarchie herumstand. Dass er hier auf dem verschneiten Perron erbärmlich fror und von einem Fuß auf den anderen trat, erwähnte er nicht. Ein mögliches Treffen sollte nicht von vornherein dezent erpresserische Züge tragen.

„Sie wollen doch nichts essen, mein lieber Müller, denke ich, Sie brauchen offensichtlich bloß ein Taxi", sagte Patrick Sandor oben am Friedhof in Siebenstein und stieg die Steinstufen zu seinem Auto hinab. Wer wann gestorben war, konnte er ein andermal weiterlesen.

Im Goldenen Hirschen hatte man die frühen Morgenstunden genutzt. Spuren des vergangenen Kathreinballs waren beim besten Willen nicht zu entdecken, Gäste fehlten noch. Nur an der Schank standen Neiselbachs obligate Weißweintrinker und diskutierten. Das hatte Tradition.

An diesem Tag zog Patrick Sandor den holzgetäfelten Schankraum dem frisch gelüfteten großen Gastraum vor. Auch am Vorabend war er an diesem Tisch gesessen, eine leichte Champignon-Omelette mit grünem Salat war ihm vorgeschwebt, dennoch hatte er sich einen gemischten Teller mit den Köstlichkeiten, die man für die Ballgäste gerichtet, reichen lassen. Fleischlaberl, Schnitzerl, Hendlhaxerl. Es war wunderbar gewesen und für die Küche leichter zu bewerkstelligen. Die Zubereitung seiner Omelette hätte man an die jugendliche Küchenhilfe delegieren müssen. Darauf hatte Sandor gerne verzichtet. Eine Omelette war schließlich keine Eierspeise, auch wenn man in Österreich ganz allgemein davon überzeugt war.

„Ein Krügel und Würstel mit Saft?“, fragte Sandor rhetorisch, Müller aß kaum jemals anderes.

„Krügel, ja, für den Rest schau ich lieber in die Karte“, sagte Müller und zupfte an seinem rotblonden Schurbart. Die Jacke hatte er ausgezogen, die Sporttasche in die Sitzbankecke geschoben, die Hände frenetisch ineinander gerieben. Es hatte in Neiselbach gute sechs Grad weniger als in Wien, vom Schneeberg her wehte eine scharfe Brise.

„Keine Leibspeise? Sie sehen mich überrascht“, sagte Patrick Sandor, klappte die Karte zu und winkte der Bedienung Rosel. Hirschsteak oder Rehmedaillon würde er nicht nehmen. In einer Jagdfamilie groß geworden, die sich vor allem von Wild aus dem eigenen Revier ernährte, hatte er schon als Kind faschierten Braten als Köstlichkeit schätzen gelernt.

„Meinen Sie das ernst, dass Sie am Sonntag nur einen faschierten Braten wollen, Herr Doktor, und Sie auch?“, fragte Rosel die beiden Herren ungläubig und schüttelte den Kopf. Für ein Mannsbild ist ein gescheites Stückl Fleisch die ganze Welt, pflegte sie des Öfteren zum Besten zu geben. Und ein Feier- oder Sonntag war kein Tag, an dem man Triviales wie Faschiertes verschlucken sollte. Mit Edäpfelpüree.

„Ich höre“, sagte Patrick Sandor, als Rosel die Krügel gebracht hatte und in Richtung Küche verschwunden war.

„Da ist nichts“, sagte Müller scheinheilig und begann Bierdeckel aufzustellen.

„Schwindelig könnte einem werden, so wie Sie auf einen einschwätzen." Sandor nahm einen Schluck Bier, wischte sich mit der Serviette den Mund. Seinen Müller durfte man nicht drängen. Was es mit der kleinen Sporttasche auf sich hatte, würde er schon früher oder später dekuvrieren. „Was macht das Loch in Ihrer Wohnzimmerwand?", fragte Sandor dann allerdings doch. Müller hatte dieses am Vortag selbst erwähnt, die Frage musste also gestattet sein.

„Das wird noch länger da sein." Müller zog bei seinem Bierdeckelhäuschen einen zweiten Stock ein.

„Für Nebensätze haben Sie heute wohl kein Penchant", sagte Sandor und legte die Serviette auf seinen Schoß. Rosel kam mit zwei gefüllten Tellern aus der Küche.

„Habe die Ehre!", rief eine Stimme, geräuschvoll fiel die Gaststubentür ins Schloss. Revierinspektor Simon Singer, der beschlossen hatte, seinen Bereitschaftsdienst mit einem Mittagessen im Goldenen Hirschen zu versüßen, breitete lächelnd die Arme aus. „Der Herr Doktor und der Müller!"

„Geh, Simerl!", zog Rosel die Silben ein wenig in die Länge. „Den Schnee hättest dir draußen schon von den Bergschuhen klopfen können! Ausrutschen könnt man."

Durch die Gaststube zog sich eine Wasserspur.

„Lieb, dass du mir einen gespritzten Apfelsaft bringst." Simon Singer lächelte Rosel an und rutschte neben Müller auf die Holzbank.

„Was macht denn ihr da in Neiselbach?", fragte Singer. „Ist mir was entgangen?"

„Wenn du einen Mordfall meinst, hast ein Pech", sagte Müller und nahm einen Bissen. „Nur zum Spaß sind wir hier."

„Nach Spaß schaust du gar nicht aus", gab Simon Singer scharfsinnig zurück und warf seine Uniformjacke auf den Sessel.

„Umgebaut wird in Wien", sagte Kriminalinspektor Müller und rührte mit der Gabel in seinem Kartoffelpüree.

„Auf der Dienststelle?" Singer fuchtelte mit seinem rechten Arm. Je schneller er seinen Schweinsbraten bekam, desto besser. Bei Bereitschaftsdienst stand stets zu befürchten, dass irgendwo eine Katastrophe passierte, kaum dass der Teller auf dem Tisch stand.

„Zu Hause." Müller schob den halbvollen Teller von sich. „Vielleicht bleib ich hier", fügte er noch hinzu. Auf ihn brauche man nicht zu warten, hatte er in der Früh beim Verlassen seiner Wohnung zu Frau Lisi gesagt, das sollte genügen.

„Sie sind in der Tat ein Born an Überraschungen", sagte Sandor, legte das Besteck auf seinen Teller. Vielleicht würde er etwas später noch Esterházy-Torte und Mocca nehmen.

An der Schank hatten die Weißweintrinker sich abgelöst, es war ein gemächliches Kommen und Gehen. Andere Gäste ließen sich kaum blicken, nur zwei unternehmungslustige Ehepaare aus Wien. Es hatte wieder zu schneien begonnen.

„Dass du hierbleiben willst, das gefallt mir", sagte Simon zu Müller und lehnte sich aufatmend zurück an die Bank. Die Portion war zu üppig gewesen, aber Simon konnte beim besten Willen nichts auf seinem Teller zurücklassen. In unserem Haus verkommt mir nichts, hatte seine Mutter stets gesagt. Das war er sein Lebtag nicht mehr losgeworden.

„Schauen wir mal. In Wien ist im Moment nichts los, Urlaub hab ich mehr als genug, und meinen Chef hab ich ja auch gleich mit." Müller lächelte zum ersten Mal an diesem Tag.

„Sie müssen uns auch einmal zu Wort kommen lassen, lieber Müller", sagte Patrick Sandor und reichte ihm die Speisekarte. „Sachertorte? Kaffee?"

„Servus, die Herren", vernahm man da den Schönbacher-Bertl, der gerade zur Tür hereinkam, sich zu den Weißweintrinkern an die Schank stellte, den Hut abnahm und kräftig schüttelte. Wassertropfen verteilten sich auf dem Boden.

„Mannsbilder", schimpfte Rosel, die mit einem Tablett vorbeischritt.

Müller warf einen Blick aus dem Fenster. „Weltuntergang", diagnostizierte er. Weißliches Licht wie in der Dämmerung, dabei hatte der Nachmittag noch gar nicht richtig begonnen. Große, fetzenartige Schneeflocken nahmen die Sicht auf das Nachbarhaus.

„Wenn es heute auf der Straße im Piestingtal noch tuscht, würd es mich auch nicht wundern", sagte Simon Singer, hob sein leeres Glas und schwenkte es, als Rosel wieder aus der Küche kam. Noch einen gespritzten Apfelsaft begehrte er.

Da ging die Tür wieder auf, und der alte Alois im Lodenfleck und seinem abgetragenen Jagdhut trat ein. Den Hut ließ er auf, das tat er meist, aber den Umhang zog er von den Schultern.

„Ich hab gewusst, dass ich dich und die Herren hier finden werd", sagte er zu Simon Singer und fasste sich kurz an den Hut. Den Weißweintrinkern an der Schank schenkte er nur ein flüchtiges Nicken.

„Na, was hab ich gesagt!", sagte Revierinspektor Singer. „Dass es heut noch tuschen wird auf der Straßen! Aber da genüg schon ich allein, bleibt weiter sitzen."

Der alte Alois war jedoch nicht stehen geblieben, sondern auf die Bank gerutscht, und hatte Rosel kurz zugewinkt. Das Recht auf eine Stärkung würde man ihm wohl zubilligen.

„Kannst auch noch sitzen bleiben", sagte er zu Singer, „zum Rauberfelsen müssen wir hinüber, auf der Straßen ist ja gar nichts passiert."

Das verwunderte. Eine steile Felswand war der Rauberfelsen, die mitten im Jagdrevier stand, weit und breit kein Haus, nur eine schmale Forststraße, die sich oben am Grat vorbeikrümmte.

„Am Fuß vom Rauberfelsen, da liegt einer." Der alte Alois fasste nach seinem Seidel Bier, das Rosel schon gebracht hatte.

„Da hättest gleich die Rettung rufen können", sagte Simon Singer ein wenig unwillig und stand auf. Er war hilfsbereit, das stand außer Frage, aber er war doch bei Gott nicht für alles zuständig, was von hier bis Wiener Neustadt passierte.

An der Schank bei den Weißweintrinkern war es still geworden, man blickte zu den Herren am Tisch herüber. Auch der Schönbacher-Bertl schien gespannt, wie es nun weitergehen würde.

Der alte Alois nahm einen kräftigen Schluck, atmete aus, wischte sich mit dem Handrücken über den Mund. „Das glaubst ja nicht, was der Schnee einem für einen Durst macht", sagte er sodann. „Im Fernsehen heißt es ja immer, dass man am Tatort nichts verändern soll", fügte er noch hinzu.

„Wenn einer verunglückt, ist das noch lang kein Tatort", meinte nun Revierinspektor Singer und zog bereits seine Jacke an. Nur weil einer bei zugegebenermaßen äußerst schlechtem Wetter, meinetwegen auch schlechter Sicht, die Felswand herunterfiel, sei das noch immer kein Tatort, auch wenn vorab zu klären sei, wer denn der Verunglückte war und ob er überhaupt tatsächlich tot sei. Wobei man dabei dem alten Alois schon zutrauen durfte, einen Toten ausmachen zu können, bei all den geschossenen Wildstücken, die ihm in seinem Leben untergekommen waren. Mit dem Tod sozusagen auf Du und Du.

„No, weißt, das ist schon ein Tatort“, sagte Alois, „weil mir ist noch keiner untergekommen, der sich Felsstücke in den Rucksack schmeißt, damit er auch wirklich die ganze Wand runterfallt und nicht schon auf den ersten paar Metern in einer Latschen hängen bleibt. In den Rucksack hab ich nämlich reingeschaut, und wer das ist, das weiß ich auch. Das ist der eine von den zwei Jagdpächtern aus Wien, der Dünne, nicht der Dicke mit der Rechenmaschine.“

Das verblüffte Gesicht des Revierinspektor Simon Singer nahm der alte Alois gar nicht wahr. Er blickte auffordernd zum Schönbacher-Bertl hinüber und nahm einen weiteren Schluck Bier.

„Mich brauchst nicht so deppert anschauen, ich war's nicht!“, wurde der Schönbacher-Bertl laut. „Erschießen tu ich ihn, hab ich gesagt! Von wo runterstoßen war keine Red nicht!“

9

Spät dran war er, der Alois, wie er zum Kaffee gekommen ist. Ich hab eigentlich geglaubt, er wird zu Mittag zu Haus zwar noch ein wengerl was essen, eine Suppe, so wie wir, aber dann gleich zu uns kommen. Die Meinigen waren da schon weg, nach Wiener Neustadt hinaus, weil sie ins Kino wollten, trotz dem Schnee. Da hab ich sogar schon gedacht gehabt, dass ihm vielleicht das Wetter zu schlecht zum Herumrennen ist. Aber wie ich gesehen hab, dass er noch immer dieselben Sachen wie am Vormittag angehabt hat, den Lodenfleck und den Hut, da hab ich gleich gewusst, dass er noch im Freien unterwegs gewesen sein muss.

Ich hab ihm ein Häferl Milchkaffee hingestellt, eines von den selbstbemalten von der Schwiegertochter, das hat er am liebsten, und ein großes Stück Gugelhupf, weil er mir müd vorgekommen ist. Da hab ich ihn fragen müssen, wieso er sich am Nachmittag nicht ein bissel ausgeruht hat, der Jüngste ist er ja nicht mehr, auch wenn die Mannsbilder gern so tun, als wären sie alle noch zwanzig Jahr.

Was er an dem Nachmittag schon gesehen hätt, das würd ich ihm nie glauben, hat er da gesagt, und ein großes Stück Gugelhupf abgebissen. Was er sonst noch gesagt hat, hat er noch einmal sagen müssen, weil ich wegen dem vollen Mund rein gar nichts verstanden hab.

Dass der eine von den Jagdpächtern beim Rauberfelsen unten gelegen ist, von oben runtergefallen mit dem Rucksack voller Felsbrocken, hat er dann herausgebracht.

Marantana, hab ich gerufen. Das tu ich ja immer, wenn ich mich richtig schrecke. Das ist das Letzte vom

Spinat, hab ich dann noch gesagt. Die Großmutter hat das auch immer gesagt, wenn etwas ganz arg war. Und mir ist im Moment wirklich nichts Ärgeres eingefallen, als wie einem Menschen den Rucksack mit Steinen vollzupacken und eine Felswand runterzustoßen.

Nur eines versteh ich da gleich gar nicht, hab ich zum Alois gesagt, dass man sowas mit sich freiwillig machen lasst. Sowas ladet man sich doch nicht auf den Buckel und geht dann noch in die Nähe von einem Abgrund. Schon gar bei so einem Schnee, weil man da leicht ausrutschen kann. Und dass ich gar nicht das Zinnglöckerl von Siebenstein hab läuten hören, sechzig Mal, weil ein Mann ums Leben gekommen ist. Bei Frauen schlägt es nur dreißig Mal. Aber das hätt vielleicht mit dem Wetter auch was zum tun, weil man bei dem Schneetreiben nichts hört.

Na, hat da der Alois gesagt, das Zinnglöckerl hätt gar nicht geläutet, weil der Jagdpächter ja keiner von uns hier aus Neiselbach wär, und deswegen würd das den Herrn Pfarrer auch nichts angehen. Aber das mit dem Sich-nicht-freiwillig-runterstoßen-Lassen, das hätten die drei Männer auch schon gesagt.

Was für drei Männer leicht, hab ich da gefragt. Der Alois erzählt ja für sein Leben gern, weil er eine Tratschen ist, aber meistens kommt dabei ein Durcheinander heraus, da muss man sich erst einmal zurechtfinden in seinen Geschichten.

Allein hätt er ihn gefunden, den Toten, hat der Alois also noch einmal von vorne angefangen. Und dann wär er gleich zum Goldenen Hirschen marschiert, weil er sich gedacht hat, dass der Singer-Simon dort zu Mittag was essen wird. Das macht der öfters, wenn er Bereitschaft hat, weil er da im Gasthaus schon so gut wie unterwegs ist, wenn jemand was von ihm will.

Und dort mit dem Singer-Simon am Tisch ist schon der Herr Sektionschef gesessen, und auch der Kriminalinspektor, der Müller aus Wien. Der würd seinen Chef hier besuchen, so wie es ausgesehen hätt.

No, geh, hab ich da gerufen, weil der Kriminalinspektor ein ganz ein Netter ist, der bei mir hier heroben einmal seiner Liebsten eine Nachricht mit seinem Handy geschickt hat, dass sie ihn hier in Neiselbach besuchen soll. Das ist schon eine hübsche Weile her. Da hab ich den Alois dazwischen gleich gefragt, ob die Frau Lisi auch hier wär. Das war sie aber nicht.

No, und dann sind alle drei mit ihm mitgekommen, mit dem Alois. Und am meisten ist der Müller drangekommen, weil der keine gescheiten Schuh angehabt hat, nur welche für die Stadt, und nur eine Jacken und nichts am Kopf. Hingefahren sind sie ja mit dem Auto, aber dort, beim Tatort halt, da haben sie schon aussteigen müssen. Dabei war ja so gesehen gar nichts zu sehen, weil es so geschneit hat, dass der Tote schon fast nicht mehr rausgeschaut hat. Und den Alois haben sie gefragt, wieso er in den Rucksack geschaut hat, weil er nichts hätt anrühren sollen. Wegen Papieren hat er geschaut, weil der Tote zuerst mit dem Gesicht im Schnee gelegen ist, da hat man gar nicht erkennen können, wer das war. Und da hat er erst das Gesicht zur Seite gedreht und ihn erkannt. Auch das hätt er nicht tun sollen, hat es dann geheißen, hat der Alois mir erzählt. Aber das wär alles ein Blödsinn, weil wenn einer den Rauberfelsen runterfallt, ist es schon wurst, ob man dem seinen Kopf noch hin und her dreht.

Wie man es macht, ist es falsch, hab ich da zum Alois gesagt.

Und der hat weitererzählt, dass dann die Spurensicherung gekommen ist, und die haben ein bissel blöd geschaut, so ist es ihm halt vorgekommen, wie die mit einem Geländeauto rauffahren haben müssen, oben hinauf auf den Grat, weil von dort der Tote ja heruntergekommen sein muss. Und das wär doch ein aufgelegter Blödsinn, hat der Alois gemeint, weil man bei dem Schnee sowieso nichts findet, etwas, was halt als Beweis in Frage kommen würd. Nicht einmal das Gewehr hätt man gefunden, und der Tote wär doch sicher nicht ohne Waffe ins Revier. Reifenspuren und sowas schon gar nicht, weil davon wär ja in den Krimis im Fernsehen auch dauernd die Rede. Auch unten beim Toten war nichts mehr zu sehen.

Und dann hat es eben geheißen, dass man sich doch nicht freiwillig runterstoßen lasst, mit einem Haufen Steine am Buckel, und dass der Jagdpächter vielleicht schon tot oder auch bewusstlos gewesen ist, wie man ihn runtergeworfen hat. Aber das wär halt die Sache von der Spurensicherung und von der Gerichtsmedizin, hätt der Herr Sektionschef gesagt.

Das Ganze war eine komische Sache, weil man sich schon hat fragen müssen, was der Jagdpächter mit Rucksack da draußen wollen hat bei so einem Wetter, und da sind die drei Herren, so hat der Alois es dann weitererzählt, halt auch auf das Motiv zum Sprechen gekommen. Das ist ja schon das Wichtigste, denk ich mir, aber auch, wie ein Mensch in seinem Leben so war. Nicht dass ich damit jetzt sagen will, dass die Toten selber dran schuld haben, dass sie umgebracht worden sind, aber es hat schon damit zu tun, was der Tote zu Lebzeiten für einer gewesen ist, ob geizig, ein Grantscherben oder so.

Das wär ganz schön schwer, hätt da der Singer-Simon gesagt, weil man über den Jagdpächter wenig wissen würd. Aber vor drei Jahren hätt man gemunkelt, dass es bei der Vergabe von dem Revier nicht mit rechten Dingen zugegangen wär. Da ist schon die Rede von einem Beamten von der Bezirksbehörde gewesen, den man erpressen hätt können und der den beiden Wienern den Zuschlag fürs Revier gegeben hätt. Aber rausgekommen ist da nie was Gescheites, also könnt man drauf vergessen. Die Hirschen als Motiv, das würd schon reichen.

Da hat sich der Kriminalinspektor Müller erst einmal gar nicht ausgekannt, und der Simon hat's erklärt. Dass man hier im Tal schon ganz schiach auf die beiden Pächter war, weil sie zu wenig, und dann auch noch das Falsche, geschossen haben. Nur hinter den Hirschen mit den Geweihen waren sie her, aber so kann man keine Jagd verwalten. Der Simon, der bewirtschaftet nämlich bei sich am Hof auch noch die Eigenjagd, weil der Vater schon zu alt dafür ist. Und das wüsst er jetzt schon, was man zum Tod von dem Jagdpächter im Tal sagen wird. Dass es um den nicht schad ist.

Ist es auch nicht, hat der Alois da gesagt.

Versündig dich nicht, hab ich aber gesagt, weil es ein Mensch gewesen ist aus Fleisch und Blut, auch wenn er einem vielleicht nicht gepasst hat.

Der Kriminalinspektor hat sich wieder einmal wundern müssen, dass die Jagd einem so sehr am Herzen liegt, dass man sogar an einen Mord denkt. Aber wissen hat er wollen, ob einem ein paar Leute einfallen würden, ein paar Namen aus dem Ort, mit denen man was anfangen könnt. Da muss der Kriminalinspektor, dem schon ganz kalt gewesen ist, deswegen auf den Alois vergessen haben. Der hat nicht glauben können, dass man das vor ihm so diskurrieren hätt sollen. Er hat ja nur drauf warten wollen, dass man fertig wird, damit er im Auto mitfahren kann. Er war schon zu müd, den ganzen Weg noch einmal zurückzuhatschen. Aber der Singer-Simon hat eh gleich zu ihm gesagt, dass er über das alles hier den Mund halten muss, was der Alois auch versprochen hat. Nur mir, hat er gesagt, würd er das jetzt erzählen, weil er wissen würd, dass das bei mir wie begraben ist. Damit hat er recht, weil ich von Tratscherei sowieso nichts halt.

Aber wenn er schon da wär, der Alois, hat der Simon beim Rauberfelsen noch gesagt, dann könnt er ja auch gleich ein paar nennen, die ihm so einfallen würden. No, hat da der Alois gesagt, da würd ihm schon einmal der Binder-Willi einfallen, und zwar wegen dem Waldi, dem Hunderl, das man erschießen hätt wollen. Oder der Schönbacher-Bertl, wegen seiner Wiesen und dem wenigen Futter für seine Kühe, die nicht so viel zum fressen gehabt haben, wie er sich das gewünscht hätt. Nur wenig hat er für den Winter einsilieren können. Aber auch der Herr Hanno, der junge Graf Fürchtenbert, könnt einen Grund gehabt haben, als Hegeringleiter von allen Jagdrevieren rundherum, weil er sich die ganze Zeit schon das Theater von allen Jägern im Tal hätt anhören müssen.

Hör mir mit dem Hanno auf, hat da der Singer-Simon laut aufgeschrien, geheult hat er es, hat der Alois eigentlich gesagt, weil es da im Tal schon einmal eine Geschichte gegeben hat, wo man den Herrn Hanno verdächtigt hat. Die haben ihn sogar über Nacht in Wiener Neustadt eingesperrt, und dem Simon war das besonders zuwider, weil die zusammen in die Volksschule gegangen sind, also praktisch befreundet waren oder auch noch sind. Und außerdem ist der Herr Hanno dann, wie er größer war, mit dem Herrn Sektionschef in Wien ins Internat gegangen. So klein ist die Welt, hätt die Großmutter da wieder gesagt, und recht hat sie gehabt, das hört man wirklich oft, dass die Leute sich um drei Ecken herum kennen.

Oder dem Herrn Hanno sein Verwalter, hat da der Alois aber nicht gleich locker lassen wollen, weil er es ernst genommen hat, wenn man ihn schon fragt. Da hat der Kriminalinspektor Müller aber auch den Alois gefragt, was er denn eigentlich bei dem Wetter hier draußen hat machen wollen. Der Alois hat zwar kein Alibi gehabt, wie man so sagt, aber einen Grund.

No, den Luderplatz für den Fuchs hätt er bestellt, hat da er gesagt. Aber das hat der Kriminalinspektor nicht verstanden, da haben sie ihm erklären müssen, dass man für den Fuchs immer am gleichen Platz einen Köder hinlegt, etwas was er gut riechen kann und gerne frisst. Da kann man ihn dann abpassen und schießen, wenn er daherkommt. Füchse gibt es nämlich auch schon mehr als genug, weil die Fuchsjagd den Herrschaften aus Wien in den letzten Jahren auch immer zu minder war und die Bauern sich vor lauter Hühnerdiebstahl gar nicht mehr erwehren können. Immer frecher sind die geworden, die schlüpfen in den Stall und würgen ab und lassen liegen, was ihnen so unterkommt, beim Huam-Bauern waren es gleich dreizehn auf einmal, die dran haben glauben müssen.

Aber halt wirklich zwider wär, hat dann der Alois noch gesagt, dass jetzt die Jagdpacht für das kommende Jahr zum zahlen war, damit die Grundeigentümer rechtzeitig ihr Geld bekommen könnten. Jetzt müsst man sich schon fragen, wie das weitergehen würd, wo doch der eine von den beiden Jagdpächtern tot wär. Weil er, der Alois, sich nicht wirklich vorstellen könnt, dass der Tote dem Dicken mit der Rechenmaschine das schon übergeben hätt, seinen Teil von der Jagdpacht.

Da hat der Kriminalinspektor Müller aber wirklich gehen wollen, der hat sich vor lauter Von-einem-Fuß-auf-den-anderen-Steigen und Hände-reiben-Müssen gar nicht mehr gescheit weiterunterhalten können, und es war ja dort auch nichts mehr zum tun. Die Spurensicherung war eh froh, dass alle verschwunden sind, und der Leichenwagen war schon weg. Zurück zum Goldenen Hirschen wollten sie also alle. No, und auf einen Schnaps wollt der Alois da noch mit, hat er erzählt, aber dann ist es ihm doch zu spät geworden, und dafür hat er sich vom Singer-Simon vorher gleich zu uns herauf bringen lassen. Nach Haus könnt er dann zu Fuß. Das macht ihm nichts aus, weil es bis zu seinem Haus nur mehr bergab geht, da braucht er nirgends mehr raufsteigen.

Da bin ich aufgestanden und hab uns eine Kerze geholt. Die steht bei mir immer im Herrgottswinkel, und wenn Winter ist, hab ich das ganz gerne, wenn eine angezündet am Küchentisch steht. Dem Alois hab ich einen frischen Milchkaffee nachgegossen, ich hab meist einen am Herd stehen, wir heizen ja mit Holz das ganze Jahr. Und ein Stück Gugelhupf hat er dann auch noch haben wollen.

Jetzt wollt ich halt wissen, was denn der Alois für sich selber so gedacht hat. Ich hab nicht fragen wollen, wer ihm als Mörder der Liebste gewesen wär, weil das ja wirklich kein Wunschkonzert ist, aber auf das ist es doch hinausgelaufen. Und eigentlich waren die paar Namen, die ihm da draußen beim Rauberfelsen eingefallen sind, sicher nicht alle Leute, die einem zu dem Unglück einfallen haben können. Wenn man mitten im Schnee steht, und so auf die Schnelle, da kommt nicht mehr dabei heraus. Aber der Alois hat schon verstanden, wie ich es gemeint hab. Er hat in sein Häferl hineingeblasen, der Kaffee war ihm ein bissel zu heiß, weil der Topf doch schon länger in der Ecke vom Herd gestanden ist.

Weißt, hat er dann angefangen, also wenn es nach mir gehen würd, wär mir der Schönbacher-Bertl als Mörder am liebsten. Für den Moment, hat er dann gemeint, und von seinem Gugelhupf abgebissen, weil ihm zuhause vielleicht doch noch andere einfallen würden. Und da hab ich von ihm wissen wollen, wieso denn eigentlich gerade der. Und der Alois hat gesagt, dass der Bertl schon immer ein ganz Spezieller gewesen ist, nicht erst seit der die Erbschaft vom Pfeffer-Schurl bekommen hätt. Weil die hätt er schon mit seinem jüngeren Bruder teilen können, oder ihm halt wenigstens ein wengerl was abgeben. Alles, was ihm aber eingefallen wär, war, sich die Geschichte mit dem Grafen Fürchtenbert und der Mutter zusammenzuspintisieren. Und dafür hätt der Alois sich schon immer gedacht, dass mit dem was nicht stimmen würd, noch dazu, weil er so ein Hopertatschiger wär, und auch ein Heimlicher.

Ich hab zu wissen geglaubt, was der Alex mit dem Hopertatschigen meint. Dass der Bertl auf das Äußere schon immer halt gar so viel Wert gelegt und sich auch immer herausgeputzt hat. Manchmal hat man sein Rasierwasser in der Kirche über zwei Reihen gerochen. Mit dem Heimlichen hab ich nicht viel anfangen können.

Aber bei den Leuten würd er halt gut ankommen, weil die meisten einen Großbauern, und dann erst recht einen besonders lauten, ganz gern haben, hat der Alois da gesagt, und so laut lachen müssen, dass ihm die Brösel ein wengerl aus dem Mund gefallen sind. Und er könnt mir gleich noch eine Geschichte erzählen, aber die müsst ich für mich behalten, sonst würd der Schönbacher-Bertl gleich wissen, dass er nicht den Mund gehalten hat.

Darüber brauchen wir nicht einmal reden, hab ich da gesagt. Das hat der Alois aber nach all den Jahren schon gewusst.

Und dann hat er mich gefragt, ob ich die Frau gesehen hab, die mit den Kindern oben in Siebenstein gewesen ist, der der Schönbacher-Bertl ja auch einen Punsch gezahlt hat.

Die hätt ich gesehen, hab ich gesagt, und dass die Frau aus Reichenau wär. Wer das der Schwiegertochter erzählt hat, hab ich nicht gewusst.

No, siehst, hat der Alois da gesagt, die zwei Kinder auf der Schaukel beim Kirchenwirten, das sind dem Schönbacher-Bertl seinige. Nur wissen würd es keiner hier im Tal. Noch nicht.

Geh, hör mir auf, hab ich da zum Alois gesagt, wieso kommt denn der jetzt mit Kindern daher? Und wenn es seine sind, warum sagt er es nicht gerade heraus, heutzutage, wo das überhaupt kein Drama mehr ist, wenn man nicht verheiratet ist. Das war ja schon früher einmal keines. Schickt der Herrgott ein Haserl, gibt es auch ein Graserl, hat die Großmutter gesagt.

Wieso der Schönbacher-Bertl jetzt mit den Kindern daherkommt, das hat der Alois ihn selber auch gefragt, weil so klein waren die ja nicht mehr, eigentlich schon recht groß, und dann waren es auch gleich zwei. Da hat der Bertl laut gelacht und gesagt:

Heimholen auf den Hof tu ich die Frau mit den Bankerten, geheiratet wird!

10

Es war bereits dunkel, als man zum Goldenen Hirschen zurückkehrte. Der Sektionschef, der Kriminalinspektor und der Revierinspektor. Es hatte zu schneien aufgehört, doch Müller bekümmerte es nicht mehr. Die Sachen, die er am Leibe getragen hatte, waren bereits durchnässt, sein Chef hatte trockene aus dem kleinen, gelben Haus geholt, sie ihm geborgt. Nun saß er in einem etwas knappen, grünen Pullover wieder an seinem alten Platz auf der Holzbank in der holzgetäfelten Gaststube, schürzte die Lippen und intonierte eine Melodie. Den k.u.k. Radetzkymarsch.

„Das müssen Sie mir erklären", sagte Patrick Sandor, zog die Augenbrauen hoch und strich über seine dunklen, über den Kopf nach hinten gekämmten Haare. „Vor der Türe war Ihnen bitterkalt, Sie wurden nass bis auf die Knochen, und in Ihrer Wohnzimmerwand in Wien ist noch immer ein Loch. Wieso jetzt so enthusiasmiert?"

Tatsächlich sah es aus, als könne ein Mord Müllers Gemüt erhellen. Ein Selbstmord war auszuschließen. Auch einem kapriziösen Naturell wären die Strapazen für eine solche Inszenierung zu diffizil erschienen.

„Eine SMS hab ich nach Wien geschickt, dass ich hier Kleider brauch", sagte Müller, der die erste Strophe des Marsches zu Ende gepfiffen hatte. „Bei Ihren Hosen krieg ich den obersten Knopf nicht zu, mit dem Gürtel hält die jetzt, aber Dauerlösung ist das keine. Bei einer Jogginghose wär es wurst, aber Sie haben ja keine."

„Guter Gott, Müller!", sagte Sandor und versuchte, das wachsame Auge der Bedienung zu erhaschen. „Wer eine Jogginghose trägt, hat sich bereits aufgegeben."

Für das Diner war es in der Tat noch zu zeitig, bei ihrem Aufbruch am frühen Nachmittag hatte er auf Mocca und Torte verzichtet, nun war der rechte Augenblick für den Fünf-Uhr Tee. Patrick Sandor nahm ihn mit Milch, Müller mit Rum, Simon Singer verzichtete. Ein kleines Bier war ihm lieber, sein Bereitschaftsdienst war vor einer guten halben Stunde zu Ende gegangen.

„Was denkst denn du über die Theorie von dem alten Alois?“, fragte Müller Simon Singer und rührte klirrend in seinem Teeglas. Sandor hatte seines nicht angerührt, bei Rosel stattdessen eine ganze Kanne bestellt und auf kochendes Wasser zum Aufgießen zweier Teebeutel bestanden. Lose Teeblätter hatte man nicht.

„Meinst jetzt die Theorie über den Schönbacher-Bertl, und dass der das gewesen sein soll?“, fragte Singer.

Müller nickte.

Man konnte sich ungeniert unterhalten, Weißweintrinker standen keine an der Schank, die letzten schienen der üppige Schneefall und die säumige Schneeräumung vertrieben zu haben.

Aber Singer, der sich für den möglichen Verdächtigen nicht wirklich erwärmen konnte, zuckte mit den Schultern. Vielleicht lag es auch daran, dass das Mordopfer ihm gänzlich fremd war.

„Würger hat er geheißen. Franz Würger. Der Tote, mein ich“, sagte er nun. „Im Moment hab ich gar keine Idee, wer als Täter in Frage kommen könnt. Der hat mit uns nichts zu tun gehabt, praktisch. Der ist aus Wien, ist nicht einmal ein Zugereister, weil er nicht hier bei uns wohnt. Er hat im aufgelassenen Gasthof ein Zimmer gehabt und ist wieder nach Haus gefahren, wenn er fertig war mit der Jagd. Hier im Goldenen Hirschen war er keine dreimal, und da hat er nur Sodawasser bestellt, ein Wunder, dass es kein Leitungswasser war. Das jährliche Wildessen für die Grundeigentümer haben die beiden auch nicht mehr abgehalten. Wird ihnen zu viel gekostet haben. Der andere, der Dicke mit der Rechenmaschine, hat hier ein Haus gemietet. Neumann, heißt der, Otto Neumann. Aber abheben am Handy tut er nicht. Ich weiß gar nicht, ob der das schon weiß, das mit seinem Jagdkollegen."

Nun, vielleicht wisse er mehr, als ihm guttue, meinte Müller und zupfte an seinem rotblonden Schnurbart. Es könne doch nur jemand gewesen sein, der die Forststraße, die sich oben am Grat dahinwinde, kenne. Ein Fremder würde eine solche gar nicht vermuten, aber vor allem ein geeignetes Fahrzeug benötigen. Er gehe davon aus, dass Herr Neumann einen Geländewagen besitze. Und überdies würde die Leidenschaft eines Städters, sich im Winter, vor allem bei Schneefall, auf solche Abenteuer einzulassen, gegen Null tendieren.

„Das Seminar über Statistik, das Sie vor zwei Wochen besucht haben, scheint Früchte zu tragen", sagte Patrick Sandor.

Herrn Neumann müsse man auf alle Fälle kennen lernen, sagte Müller und grinste. Zum ersten Mal seit Längerem, dachte Sandor.

„Neiselbach bekommt Ihnen", konstatierte er und goss etwas Milch in seinen Tee.

„Wird die Lisi auch herauskommen?", fragte Singer-Simon und hob sein leeres Bierglas. Rosel kam eben aus der Küche.

Das konnte Müller nicht sagen, von einem Mordfall hatte er in seiner SMS nichts erwähnt, lediglich um Kleider gebeten. Tatsächlich hatte er gar nicht daran gedacht, Lisi nachkommen zu lassen. Nicht eben jetzt, wo er gerade wieder ein wenig zu Atem kam.

Jemand müsse doch in Wien in der Ausstellungsstraße die Handwerker schikanieren, kam Patrick Sandor seinem inkommodierten Müller zu Hilfe, eine Wohnzimmerwand zumindest sei zu streichen.

„Ewig kann das ja nicht dauern", meinte Singer. „Was soll's denn werden, in eurer Wohnung da drinnen in Wien?"

„Ein Kinderzimmer", sagte Müller schnörkellos.

„Düster kann ich mich erinnern, dass Sie einmal einen präsumtiven Kinderwunsch erwähnten", antwortete Sandor zuvorkommend.

„Ist es jetzt schon soweit?", hakte Simon Singer nach. „Willst sie da wirklich alleine lassen?"

Es sei nur ein angedachtes Kinderzimmer, betonte Müller, nahm einen Schluck lauwarmen Tee mit Rum und winkte Rosel. Ein hastiger Wunsch nach einem anderen Getränk.

„Auf das Ergebnis von der Spurensicherung müssen wir warten, und auf das von der Pathologie. Vielleicht finden die ja mehr heraus, als nur, dass sich der Herr Würger alle Knochen im Leib gebrochen hat." Müller tauchte seinen Schnurrbart in den Bierschaum.

„Über Wien, die Lisi und das Sciencefiction-Kinderzimmer willst nicht reden, gell?", sagte Singer.

„Das bildest dir doch nur ein! Wenn ich zurück bin in Wien, gehe ich mit der Lisi in einen Tanzkurs, das hat sie sich immer schon gewünscht." Müller zog ein rechtschaffenes Gesicht. „Tango", fügte er noch mutig hinzu.

Vorsichtig stellte Patrick Sandor Untertasse und Tasse auf den Tisch zurück: „Guter Gott, Müller! Nicht im Entferntesten ahnte ich, wie verzweifelt Sie sind!"

11

Tante Adele schob im Frühstückszimmer den Vorhang ein wenig zur Seite, nestelte an der Perlenbrosche am Revers ihres Tweedsakkos und machte ein schmales Gesicht. Ein Dienstwagen der Polizei kam die Auffahrt nach Fürchtenbert heraufgekrochen. Sie hatte nicht gedacht, dass an diesem Montagmorgen nach dem sonntäglichen Schneefall so zeitig am Morgen wieder Fahrzeuge unterwegs sein würden. Nicht hier bei Schloss Fürchtenbert am Ende des Tals von Neiselbach.

Kurz bevor man über den Bergsattel nach Puchberg kommt, führt eine Forststraße durch ein kleines Waldstück, an mächtigen, alten Eschen und Akazien vorüber, und schlängelt sich über sanfte Hügel. Eben dort liegt auf einer Anhöhe Schloss Fürchtenbert. Demzufolge liegt der Verdacht nahe, dass der Name einmal Fürchtenberg gelautet haben muss. Einem Kopisten in grauer Vorzeit ist beim Abschreiben wohl ein Fehler unterlaufen, aus einem geläufigen *g* wurde ein originelles *t*. Die Familie hieß nun ebenso.

„Hast du die Kavallerie bestellt?", fragte Tante Adele eisig und blickte über die Schulter zu ihrem Neffen Hanno Fürchtenbert. Beim Frühstück nicht gestört zu werden, wäre in diesem Haus auch geradezu erstaunlich gewesen. Üblicherweise lungerten ein vertrottelter Cousin zweiten Grades und eine geschwätzige Cousine herum, oder man versuchte, neureiche Ehepaare in Schach zu halten, die gegen Bezahlung zur Jagd geführt wurden. Wobei man in diesem Fall und an diesem Morgen streng genommen von Frühstück gar nicht sprechen konnte. Keine Eierspeise, kein gerösteter Speck, auch keine gebratenen Tomaten und

Champignons. Tante Adele konnte ihre schottische Großmutter nicht leugnen – für etwas selbstgemachte Marmelade und ein weiches Ei auf Zuruf hätte sie sich nicht aus Wien heraus bemühen müssen. Doch Weihnachten stand vor der Tür, und da hatte Fürchtenbert kulinarisch einiges zu bieten. Das konnte man auch erwarten, wo doch Hannos Frau Nora sich die meiste Zeit mit der Köchin in der Küche verschanzte, anstatt eine kultivierte Unterhaltung im Salon zu führen.

„Hast du, oder hast du nicht?", wiederholte Tante Adele und ließ den Vorhang fallen. Das Auto hatte gehalten, drei Herren waren ausgestiegen.

Patrick Sandor beugte sich über Tante Adeles rechte Hand, Müller beließ es bei einer angedeuteten Verbeugung. Nur Simon Singer wünschte laut einen Guten Morgen. Kurz nickte Tante Adele mit dem Kopf, zog ein pikiert-freundliches Gesicht, ließ ihren Blick an den beiden anderen Herren hinauf- und hinabgleiten und nahm den Eilöffel zur Hand. Dass man sie derangiert, durfte, nein, sollte man ruhig wissen. Dass man darauf Rücksicht nehmen und in den Salon hinüberwechseln würde, war allerdings wiederum höchst bedauerlich, aber das hatte sie nicht ahnen können. Ihr Ei ließ sie halb ausgelöffelt stehen.

Tante Adele hatte im Salon Platz genommen. Aufrecht saß sie in ihrem Fauteuil, machte einen geraden Rücken und hob leicht das Kinn. Niemand hatte sie jemals lümmeln sehen. Man hatte ihr die Herren nicht mehr vorstellen müssen, sie waren ihr bekannt, seit dem vergangenen leidigen Mordfall, als ihr Neffe Hanno in Verdacht geraten war. Um den Verwalter war es damals gegangen, oder jemand anderen aus dem Dorf.

Wen oder was genau, daran konnte sie sich nicht mehr erinnern, und es war auch völlig unerheblich. Dass Hanno jemanden umgebracht, hatte sie auch damals nicht erschüttert, bestenfalls sein bedauerlicher Mangel an Haltung. Ihr Neffe warf ihr noch immer vor, dass es ihr offenbar lieber gewesen sei, wenn er mit Fasson im Gefängnis gesessen wäre, wenn auch unschuldig. In Königshäusern wimmle es geradezu von Mördern, selbst in ihrer schottischen Familie hatte der eine oder andere mit guter schottischer Holzkeule einen englischen Kopf eingeschlagen. Kein Savoir-vivre, hatte sie damals bei ihrem Neffen diagnostiziert, und Hanno war trotz dieser Lebenserfahrung geblieben, wie er schon immer gewesen. Langweilig wie ein Schluck Wasser.

Dieses Mal verdächtigte man Hanno Fürchtenbert keineswegs, aber hilfreiche Hinweise konnte er womöglich liefern. Und man konnte sich bei Hanno Fürchtenbert darauf verlassen, dass er nicht in Neiselbach herumlaufen und allen erzählen würde, worüber man gesprochen hatte. Man hatte Kaffee angeboten, die Köchin hatte einen frischen gebracht, nun konnte man sich unterhalten. Über den besagten Schönbacher-Bertl wollte Revierinspektor Simon Singer einiges in Erfahrung bringen, irgendwo musste man bei einer Ermittlung doch anfangen. Wie wenig er diesen kannte, hatten erst die Fragen des Sektionschefs Sandor und des Kriminalinspektors Müller zu Tage gebracht. Dorfleben hatte so manche Ähnlichkeit mit Familienleben, man kannte sich und doch auch nicht. Wer hinterfragt schon seine Nächsten? Und schließlich betraf Hanno das Gerücht wohl am meisten, das Schönbacher lustvoll jedem erzählte – dass er mit den

Fürchtenberts eng verwandt, ein Bruder sozusagen, wenngleich nur ein halber.

„Kokolores!“ Hanno Fürchtenbert knöpfte seine Lodenjacke auf.

„Ach du liebes“, sagte Tante Adele mit gleichmütiger Stimme. „Warum sollte er es nicht sein?“

„Grundgütiger!“, rief Hanno laut und unerzogen aus.

Tante Adele lächelte zuvorkommend und legte den Kopf ein wenig schief. Sie wisse jetzt allerdings nicht, worüber ihr Neffe sich groß alteriere. Königs- und Fürstenhäuser blickten auf eine erkleckliche Anzahl von Bastarden, und sie für ihren Teil hatte immer befunden, dass ein Sohn – statt einer ganzen Kinderschar – vom alten Grafen bei Gott keine Leistung gewesen sei. An ihrer Schwester war es nicht gelegen, die übrigens über solchen Eskapaden gestanden hätte, eigentlich habe, wenn doch ein weiterer Sohn hier in Neiselbach herumlaufe.

„Ich bitte dich!“, sagte Hanno, zänkisch geradezu.

Nun, für Hannos biedermeierliche Haltung könne sie nichts, sagte Tante Adele, sie sei ein Barockmensch, und als solcher nenne man sinnliche Dinge beim Namen.

„Wenn es denn so wäre, könnte ich mir deine Besuche schon längst nicht mehr leisten“. Hanno schüttelte den Kopf.

Wovon jetzt die Rede sei, wisse sie nicht, sagte Tante Adele.

Mit dem, was Tante Adele angeblich aufgestöbert hätte Schönbacher Erbansprüche anmelden können, eventuell auch klagen, und er, Hanno, hätte ihn auszahlen müssen. Grundstücke verkaufen, vielleicht das Schloss, und zwar um einen Bettel, auf alle Fälle aber den Gürtel enger schnallen. Gäste wie Tante Adele wären dann ein unerschwinglicher Luxus. Es sei so schon hart genug, und die zahlenden Jagdgäste nicht Hannos Plaisir, sondern eine beklagenswerte Notwendigkeit.

Tante Adele schürzte die Lippen und sog die Wangen zwischen die Backenzähne. Die Frage, ob Schönbacher noch bei Gericht tätig werden könnte, stellte sie nicht.

„Mumpitz, die ganze Sache, und überdies verjährt“, sagte Hanno. Drei Jahre nach dem Tod des alten Fürchtenbert wäre Zeit gewesen, Ansprüche anzumelden. Fünf Jahre war der Papa schon tot. Und Schönbacher habe keinen Finger gerührt, um zu Recht und weiterem Vermögen zu kommen. An so viel gelebten Altruismus könne er nicht glauben.

„Wie defätistisch“, murmelte Tante Adele, „einfach nur Mittelklasse.“

12

„Was dieser Schönbacher also so daherredet, das kann man eigentlich gleich wieder streichen“, sagte Müller, als er auf der Rückbank des Dienstautos Platz nahm und durch das Fenster zum Schneeberg hinüberblickte. Viel war nicht zu sehen, der Berg im lichten Grau nur zu erahnen.

„Was seine privaten Geschichten angeht, hast schon recht, aber mit der Jagd und dem Revier, da kennt er sich aus“, sagte Singer-Simon und startete das Dienstfahrzeug.

Patrick Sandor hatte auf dem Beifahrersitz Platz genommen.

Man wollte Bertl Schönbacher einen Besuch abstatten, Erkenntnisse der Pathologie und der Spurensicherung würde man im Laufe des Nachmittags erhalten und Otto Neumann, der zweite Jagdpächter, auch erst dann im Goldenen Hirschen eintreffen. Diese Nachricht hatte er für Simon Singer telefonisch auf der Dienststelle hinterlassen. Sein Domizil im Tal war verwaist, dieses hatte der Revierinspektor schon am Morgen verifiziert.

Schönbachers Hof war wohl einer der gepflegtesten in Neiselbach. Das Haus kaisergelb gestrichen, ein mit Erika bepflanztes Blumenkistchen vor jedem blank geputzten Fenster, die Nebengebäude weiß gekalkt, vor der Haustüre ein Hirsch aus Holz als Blumenkasten. Hier hatte man auf Erika verzichtet und Tannenzweigen den Vorzug gegeben. Und Schönbacher hatte es sich vor einigen Jahren nicht nehmen lassen, ein Türmchen an das Haus zu bauen. Über den vermeintlich herrschaftlichen Charakter konnte man debattieren.

„Ich hab geglaubt, der lebt hier allein, der Schönbacher." Müller löste seinen Sicherheitsgurt.

„Ja, eh", antwortete Simon Singer und öffnete die Autotür.

„Und wer dekoriert das hier alles?", fragte Müller und stieg aus. Man hatte Schnee geräumt, was er durchaus schätzte. Die Schuhe, die er trug, waren, trotzdem er sie am Vorabend mit Zeitungspapier ausgestopft und auf den Heizkörper gestellt hatte, am Morgen noch klamm gewesen. Festeres Schuhwerk aus Wien geschickt zu bekommen, hätte er begrüßt, ein Paket war jedoch frühestens im Laufe des nächsten Tages zu erwarten. Von Lisi allerdings hatte er keine Nachricht erhalten, keine SMS, kein Telefonat. Weder eine Zusage, Kleider und dergleichen nachzuschicken, noch den Vorwurf, er habe sich klammheimlich davongestohlen. Und tatsächlich fühlte Müller sich unbehaglich, da er von einem Mordfall so gar nichts erwähnt, sein Fernbleiben nicht beruflich entschuldigt hatte. Beziehungskrise, hieß das wohl, alternative Interpretationen kaum möglich. Beim Abschicken der SMS war ihm dieses resolute Vorgehen noch konvenabel erschienen. Männlich geradezu.

„Also, ich wüsst keine, die dem Schönbacher im Haus früher zur Hand gegangen wär, nur für den Stall, da hat er immer wen gehabt, den Kruger-Willi. Seinen Bruder hat er hier am Hof noch nie nicht haben wollen", sagte da Revierinspektor Singer und setzte seine Kappe auf.

Dr. Patrick Sandor war aus dem Auto gestiegen, hatte die Hände in die Taschen seiner Lodenjacke gesteckt und war zum Stallgebäude geschlendert. Bertl Schönbacher hielt Kühe, auch Schweine, seit zwei Jahren versuchte er sich in Freilandhühnerhaltung. Es roch kaum nach Tieren, und hinter den Gebäuden war unter einem Vordach ein geputzter Traktor abgestellt.

„Erstaunlich", sagte Sandor, blickte noch kurz den Hang hinab, wo die Obstbäume standen, als ein mageres Motorengeräusch gemächlich, doch stetig näherkam. Der alte Alois tuckerte auf seinem Zweisitzer die Straße herauf.

„Sucht ihr leicht wen?", rief da eine Stimme. Oben im Türmchen stand Bertl Schönbacher am offenen Fenster, lächelte strahlend und wedelte mit dem rechten Zeigefinger: „Alois, das Moped kannst da nicht stehen lassen, beim Traktor hinten, da ist der Platz!"

„Schön hast es hier", rief Simon Singer zum Fenster hinauf. „Schaut dir jetzt wer aufs Haus?"

„Na, ich! Ich komm runter." Bertl Schönbacher schloss das Fenster.

Dass jemand mit diesem Schönheits- und Ordnungssinn bei Unregelmäßigkeiten im Revier unwirsch werden konnte, war nun zumindest vorstellbar. Entschuldbar war es nicht – und auch als Rechtfertigung für einen Mord nicht tauglich.

Es dauerte ein wenig, bis Robert Schönbacher im Lodenmantel, doch ohne Hut schmunzelnd erschien, sich eine Haarsträhne neckisch aus der Stirne strich. Anstalten, jemanden ins Haus zu lassen, machte er keine, und nur, wenn man Sektionschef Patrick Sandor gut kannte, entging einem das flüchtige Hochziehen der Augenbrauen nicht.

13

Heutzutage kann man gar nicht mehr glauben, dass die Adventzeit die stillste Zeit vom Jahr sein sollt, eine wirklich stille Zeit, wo nichts los ist, nicht getanzt und nicht gefeiert wird und man sich auf das Weihnachtsfest vorbereitet. Das merkt man schon, wenn man den Fernseher aufdreht, das ganze Marktgeschrei wegen Rasierapparaten und Kaffeemaschinen. Und wenn man in ein Kaufhaus muss, haltet man es gar nicht mehr aus, weil überall aus den Lautsprechern Weihnachtslieder plärren und einem bei dem Haufen glitzernder Sachen die Lust aufs Kaufen gleich vergeht. Richtig wurlad im Kopf wird mir da, und dafür geh ich in der Zeit am liebsten gar nirgends mehr hin.

An dem Montagmorgen war es überhaupt ein Glück, dass keiner von uns zeitig wohin hat müssen, weil der Schneepflug wieder eine Ewigkeit gebraucht hat, bis er dahergekommen ist. Grad am Anfang vom Winter ist das immer so, als würden die Schneepflugfahrer den Sommer über vergessen, dass bei uns hier oben jemand wohnt. Da versuch ich immer, mich zurückzuerinnern, wie das bei uns heraußen einmal gewesen ist, bevor es einen Schneepflug gegeben hat. Wir haben im Winter ja auch in die Schule müssen, und die war in Siebenstein. Das hat geheißen, dass die meisten auf der einen Seite vom Tal runter sind und auf der anderen Seite wieder rauf. Und mein Schulweg damals, der hat dazu noch durch ein Stückl Wald geführt, weil es noch keine gescheite Straße gegeben hat. Wenn kein Schnee gelegen ist, hab ich nur eine gute halbe Stunde gebraucht, aber bei Schnee leicht das Doppelte. Und wenn wir dann in der Klasse gesessen sind, haben die nassen Wollsachen richtig in der Ecke zum dampfen angefangen, weil der Herr Lehrer den Ofen, der beim Pult vorne gestanden ist, fest eingeheizt hat. Da sind drinnen auf den Fenstern die Tropfen nur so runtergelaufen, und am Morgen war es gefroren. Die schönsten Eisblumen hat man da sehen können, und wenn man die Finger draufgedrückt hat, sind sie geschmolzen.

Heut hat man es leichter, aber passen tut es einem erst wieder nicht. Am späten Vormittag war dann geräumt, der Sohn ist bei uns am Hof schon vorher mit der Schneefräse gefahren.

Dann haben die Meinigen endlich wegfahren können nach Wiener Neustadt, weil sie Wege gehabt haben und denen der Weihnachtstrubel nicht so viel ausmacht als wie mir. Ins Lagerhaus haben sie auch noch schauen wollen, wegen Minerallecksteinen für die Kühe, gerade im Winter ist das wichtig. Und Pizza wollten sie essen gehen, das machen sie immer, wenn ich nicht mitkomme, weil ich das nicht wirklich brauch. Für mich alleine war zu Haus zum essen ja auch genug da, ein Stückl Gugelhupf, weil die Schwiegertochter wieder einen gebacken hat, und auch ein bissel Suppe, wenn ich eine hätt wollen. Aber es war mir eh zu viel, mit einem Milchkaffee hab ich erst einmal das Auslangen gefunden.

No, und wie ich dann in der Küche gesessen bin und in der Bauernzeitung geblättert hab, da ist mit einem Mal der Wolfi ganz narrisch geworden und hat wie verrückt zum bellen angefangen. Und wie ich hinausgeschaut hab, hab ich den Alois von seinem Motorrad steigen sehen, mit einer ganz einer roten Nasen, den speckigen Jagdhut tief ins Gesicht gezogen. Fest hat er sich die Hände gerieben, weil Handschuh hat er keine angehabt, ich glaub, ich hab den Alois noch nie mit welchen gesehen.

Mich hat das gefreut, zum tun hab ich an dem Tag ja nicht wirklich was gehabt, und die Flickwäsche, die hab ich am Abend auch noch hervorholen können. Zum Backen war noch nichts, und zum Einkochen noch viel weniger, weil wir die eingefrorenen Zwetschgen und die Marillen erst im Jänner aus der Tiefkühltruhe holen zum Verarbeiten, und in der Bauernzeitung ist noch weniger drinnen gestanden als wie in der Woche davor. Und weil die Meinigen ja nicht da waren, hab ich gewusst, dass wir jetzt genug Zeit zum Reden haben, der Alois und ich, weil der Alois ohne einen guten Grund nie zu uns herauf kommt, schon gar nicht, wenn ein Schnee liegt.

Die Bergschuh hat der Alois noch draußen vor der Tür ganz fest abgeklopft, weil ich nicht wollt, dass er sie ausziehen muss, so leicht tut er sich ja nicht mehr mit dem Bücken, und er hat mir nicht den ganzen Schnee und Dreck bis in die Küche tragen wollen. Er ist gleich ganz nah zum Ofen hingerutscht, den Jagdhut hat er auflassen, den nimmt der Alois nie runter, und ich hab mich gefreut, dass wir einen frischen Gugelhupf gehabt haben, weil das dem Alois das Liebste ist. Manchmal trau ich mich schon nicht mehr, ihm wieder einen anzutragen, aber anders will er es nicht haben. Eine Suppe hat er gar nicht erst haben wollen, nur ein großes Häferl Milchkaffee mit einem Schuss Zwetschkenschnaps.

Einen Tee mit Rum hätt der Schönbacher-Bertl den Männern angetragen, dem Singer-Simon, dem Herrn Doktor und dem Kriminalinspektor aus Wien, hat der Alois angefangen zum erzählen, kaum dass er ein ordentliches Stück abgebissen gehabt und sich mit der

Hand die Brösel vom Mund weggewischt hat. Aber ins Haus hätt er sie nicht lassen wollen.

No, da hab ich gleich gewusst, dass der Alois wieder einmal gerade zurecht gekommen ist, wo es was zum Hören gegeben hat.

Aber keiner hat einen Tee haben wollen, hat der Alois weitererzählt und zum lachen angefangen, weil der Alois dem Schönbacher-Bertl dann gesagt hat, dass er selber schon einen Tee haben will. Das hat dem Bertl gar nicht gepasst, weil er auf wichtig mit den anderen hat diskurrieren wollen. Über die Jagd und den Wald, und was ihm da alles nicht gepasst hat und noch immer nicht passt. Aber dafür hat von den Männern in dem Moment keiner einen Kopf gehabt.

Der Singer-Simon hat da den Schönbacher-Bertl gefragt, ob er auch im Revier war, wie der Herr Franz Würger ums Leben gekommen ist, hat der Alois weitererzählt, und ich hab mir gedacht, dass das schön ist, dass man den Toten jetzt beim Namen nennt und nicht nur *der Jagdpächter aus Wien* zu ihm sagt, weil man, wenn einer tot ist, eigentlich wissen sollt, wie er im Leben geheißen hat.

Und weil der Schönbacher-Bertl schon immer ein Goschiger gewesen ist, hat er gleich zurückgefragt, wann denn das leicht gewesen sein sollt, was so gesehen eine Frechheit war, weil er doch dabei gewesen ist im Goldenen Hirschen, wie der Alois mit der Nachricht von dem Unglück beim Rauberfelsen hingekommen ist.

Frag nicht so deppert, hat deswegen der Singer-Simon zu ihm gesagt, und der Schönbacher hat zum lachen angefangen und gesagt, dass er sicher irgendwann da im Revier gewesen ist, Hirsche füttern nämlich, mehr als er hätt sollen, weil die zwei aus Wien eben nichts gefüttert hätten und es auch nicht vorgehabt haben. Dafür würd es ihn auch nicht wundern, dass das so ein End genommen hätt. Wundern würd ihn nur, dass das keinem von den Jägern früher eingefallen wär, hat er dann noch gemeint, weil er wär in dem Tal ja nicht der Einzige, der das Gefrett hat, da wären schon noch ein paar andere mehr, und er würd erwarten, dass man die alle auch befragt. Und er, der Schönbacher-Bertl, hätt von Anfang an gesagt, dass er ihn erschießen würd, er hätt es nämlich nicht nötig, irgendwen irgendwo runterzustoßen. Er hätt eine Ehr im Leib.

Ob er jetzt meinen würd, dass es recht ist, dass der Herr Würger tot wär, hat da der Singer-Simon wissen wollen, weil sich das ganz so anhören würd und es das ja wohl nicht sein könnt.

Da hat der Schönbacher-Bertl zum lachen schon wieder aufgehört gehabt, hat der Alois gesagt. Und der Kriminalinspektor Müller hat gesagt, ob es nicht gescheiter wär, wenn man im Haus weiterreden könnt, weil es vor der Tür schon ein bissel ungemütlich wär. Aber der Schönbacher-Bertl hat gesagt, dass er eh keine Zeit für eine längere Plauderei hätt, er wär ja kein Beamter, er würd ja nicht automatisch ein Gehalt vom Staat kriegen, egal, ob er was tun würd oder nicht.

Ob ihn eine Vorladung so viel mehr freuen würd, das würd er jetzt einmal so dahingestellt lassen, hat dann der Kriminalinspektor Müller gesagt und sich am Bart gezupft, hat der Alois erzählt. Richtig grantig hätt er da ausgeschaut, aber auch der Herr Sektionschef war nicht mehr wirklich gut gelaunt. Und ich hab mir gedacht, dass er da schon sehr fuchsig gewesen sein muss, dass sogar der Alois ihm das angesehen hat, weil der Herr Sektionschef ein ruhiger Herr ist, ein feiner.

Herr Revierinspektor Singer, hat der Herr Sektionschef da gesagt, in Zukunft fahren wir nicht wie das fahrende Volk übers Land, sondern lassen die Leut lieber rufen, wir haben es auch ganz gern kommod.

Das hab ich verstehen können, im Frühling und im Sommer macht das Herumfahren vielleicht einen Spaß, auch an einem warmen Herbsttag, aber im Winter braucht man das nicht.

Da hat dann der Schönbacher-Bertl ein wengerl blöd dreingeschaut, hat der Alois gesagt, weil er doch immer schon geglaubt hat, dass er der Einzige ist, der austeilen kann, nur einstecken hat er noch nie können, aber mit seiner hopertatschigen Art hat er es sich an dem Tag nicht wirklich besser gemacht. Es wär ihm keine Perle aus der Krone gefallen, hätt die Großmutter bei sowas gesagt, wenn er alle ins Haus hinein hätt lassen, bis auf den Alois hat ja nicht einmal einer einen Tee haben wollen. Aber mit der Art ist er schon immer angeeckt, da haben die von der Musikkapelle sich auch schon beschwert. Da hat es schon die längste Zeit geheißen, dass sie als Musikkapellenleiter sofort einen anderen nehmen würden, nur drübergetraut haben sie sich nicht, weil der Schönbacher-Bertl schon immer eine ganz ungute Art an den Tag gelegt hat, mit Nicht-mehr-Sprechen und Nicht-mehr-Anschauen und so, auf richtig beleidigt, und das halten die wenigsten wirklich aus.

Und da hat der Kriminalinspektor Müller den Schönbacher-Bertl so mir nichts, dir nichts gefragt, wieso er eigentlich überall herumerzählen würd, dass der Hanno Fürchtenbert sein Halbbruder wär, wo er doch sowieso einen eigenen hätt, hat der Alois weitererzählt.

Da hat der Schönbacher sich richtig aufgeblasen, wie ein Auerhahn bei der Balz. Wen denn das leicht was angehen würd, wollt er wissen, und was das jetzt leicht mit dem toten Pächter zum tun hätt. Und der Kriminalinspektor Müller hat gesagt, dass das gar nichts damit zum tun hätt, aber dass man, wenn der Schönbacher-Bertl da schon so einen Blödsinn erzählen würd, ihm bei den anderen Dingen, die er sagen würd, auch nichts glauben könnt.

Da hab ich lachen müssen, weil mich das so sehr an die Großmutter erinnert hat. Wer einmal lügt, dem glaubt man nicht, und wenn er auch die Wahrheit spricht, hab ich zum Alois gesagt, und der hat mit seinem speckigen Jagdhut genickt, auch gelacht und mir sein Kaffeehäferl hingehalten, weil ihm der Milchkaffee so gut geschmeckt hat und er vom Schönbacher-Bertl ja am Ende gar keinen Tee bekommen hat.

Er ist nur so lang dort beim Schönbacher-Bertl geblieben, der Alois, weil er wissen hat wollen, ob der Schönbacher-Bertl wieder irgendwas über die Kinder aus Reichenau erzählen würd, die die seinigen sein sollen, aber da ist nichts mehr gekommen. Der Alois hat ja auch nicht gewusst, ob der Singer-Simon über die Kinder Bescheid gewusst hat oder ob in Neiselbach überhaupt irgendwer davon was gehört gehabt hat.

Da hab ich gesagt, dass ich das nicht glaub, dass da irgendwer was weiß, nicht einmal der eigene Bruder, der Luis, weil ich sonst schon davon gehört hätt. Bei der Heidi in der Frisurstube hätt sicher einmal jemand was gesagt, aber das könnt ja noch werden. Traurig ist das, hab ich da zum Alois gesagt, drei Jahre hat der Herr Würger jetzt hier gejagt, und in der Kirche läutet nicht einmal das Zinnglöckerl für ihn, und es wird kein Begräbnis geben, weil er nicht hierher gehört in unser Tal.

Dann hab ich dem Alois noch ein Stück Gugelhupf runtergeschnitten, ich hab ja gesehen, wie er immer wieder zu dem hingeschaut hat, nur fragen hat er nicht mehr danach wollen, und dann hab ich mich wieder zu ihm hingesetzt. Ich hab ein bissel nachdenken wollen, weil mich die schweren Steine, und dass deswegen irgendwer wo runterfallt, an was erinnert haben, aber gleich hab ich es nicht gewusst. Aber dann ist es mir wieder eingefallen, auch wenn das dort dann doch ganz anders war.

Weißt Alois, hab ich gesagt, das erinnert mich an den Wolf und die sieben Geißlein, nur hat der Herr Würger die Steine im Rucksack gehabt und nicht im Bauch, und er ist den Rauberfelsen runtergefallen und nicht in den Brunnen.

Aber vielleicht hat er den Hals ja auch nicht vollgekriegt?

„War der Herr Schönbacher nie verheiratet?“, fragte Müller, der auf der Hinterbank des Dienstfahrzeuges Platz genommen hatte, die Hände in die Taschen seiner Jacke steckte und sich zusammenkauerte. Es war ihm mit dem dünnen Schuhwerk vor dem Haus unangenehm kühl geworden.

„Seit wann ist dir sowas wichtig?“, Langsam fuhr Simon Singer die Serpentinen ins Tal hinunter. Der Schneepflug hatte den Schnee weggeschoben, der abgeschabte Untergrund war spiegelglatt, das gestreute Streugut spärlich.

„Ein Gefühl“, sagte Müller vage. Für Ordnungssinn hatte er durchaus Verständnis. Wie sonst hätte er in früheren Tagen um sechs Uhr in der Früh in seiner kleinen Wohnung in der Ausstellungsstraße staubsaugen können? „Da ist doch was“, fügte er hinzu und schüttelte den Kopf.

Nun, Robert Schönbacher war nie verheiratet gewesen. Seine Liebschaften hatte er stets in der Fremde gewählt, bei der Auswahl sogar auf Nachbarortschaften verzichtet. Von Wiener Neustadt war öfters die Rede gewesen, zwei oder dreimal hatte man sogar Wien erwähnt.

„Arroganter Bursche“, sagte Patrick Sandor und arrangierte seinen Schal. Den Jagdhut hatte er abgenommen. „Déjeuner?“

Es war die rechte Zeit für ein frühes Mittagessen, das Zusammentreffen mit Herrn Otto Neumann, dem zweiten Jagdpächter, würde erst um drei Uhr im Goldenen Hirschen stattfinden.

„Drei Hemden hab ich noch in meiner Tasche.“ Unentschlossen blickte Müller aus dem Fenster. Weißliche Hänge, vom Nebel verschluckte Bergkuppen, Bäume, die verzweifelt blattlose Äste reckten. Mehr konnte er nicht sehen. „Trostlos“, fügte er noch hinzu. Ob er die Stückzahl seiner Garderobe meinte oder das Panorama, wusste man nicht zu sagen.

„Ruf an zu Hause“, empfahl Simon Singer pragmatisch und warf einen kurzen Blick in den Rückspiegel, „ein Paket mit der Post ist ja kein Problem.“

„Ich hab nicht gesagt, wieso ich hier in Neiselbach bin.“ Müller nahm die Rechte aus der Jackentasche und zupfte an seinem rotblonden Schnurbart.

„Guter Gott, Müller, Abgründe tun sich auf. Sie schützen tatsächlich einen Urlaub vor?“, sagte Sektionschef Patrick Sandor.

„Hast also doch einen Krach gehabt zu Haus“, fasste Simon Singer die Situation zusammen. „Ruf an!“

Lisi könne selber anrufen, erwiderte Müller adoleszent.

Brauche nun Lisi frische Wäsche oder doch er selber, nämlich Müller, wollte Simon Singer wissen, und ob er schon einmal was von Entschuldigung gehört habe, weil immerhin sei er von zu Hause fortgegangen und nicht die Lisi.

Wolle man unbedingt über Müller und seine Liaison debattieren, so bitte er, damit bis Mocca und Torte zuzuwarten, sagte Patrick Sandor, wolle man Garderobeprobleme lösen, sei nun in der Tat der rechte Augenblick. „Chauffieren Sie uns in mein kleines, gelbes Haus. Ich erhole mich bei einem aufmunternden Bach am Klavier im Oberstock und Müller wühlt in meinen Kaschmirpullovern.“

15

Lang ist er nicht mehr sitzen geblieben, der Alois. Noch bevor es zum dämmern angefangen hat, hab ich ihm gesagt, dass er nach Hause fahren soll, weil man zu der Tageszeit gleich merkt, wie die Kälte wieder fest anzieht, sogar wenn es vorher nicht warm gewesen ist, weil keine Sonne am Himmel war. Und er ist ja nicht mehr der Jüngste, auch wenn er so tut. Wie die meisten Mannsbilder halt.

Jetzt haben wir also einen Toten in Neiselbach gehabt, den Herrn Würger, der uns alle miteinander gar nichts angehen hätt sollen, und kein Begräbnis, und das mitten in der besinnlichen Zeit, und einer von uns hier draußen hätt es gewesen sein sollen oder können. Das war mir zuwider.

Aber freuen würd es mich, wenn ich den Kriminalinspektor Müller zu Gesicht bekomm, hab ich mir gedacht, und das hat leicht passieren können, weil der, so wie es ausgeschaut hat, wieder einmal länger in Neiselbach zum tun gehabt hat. Da hab ich mich gefragt, ob er die Frau Lisi aus Wien wieder herauskommen lassen wird, für ein paar Tage halt, und dass es schön wär, sie wiederzusehen, weil sie früher eine ganz eine Liebe gewesen ist, wenn auch ein bissel eine romantische.

Und dann hab ich an den Schönbacher-Bertl denken müssen. Fesch herausgeputzt ist er gewesen, hat mir der Alois gesagt, und das an einem Montag. Aber dafür hat er schon immer was übrig gehabt, daran kann ich mich noch erinnern, schon als ein Bub ist er so dahergekommen, nicht nur am Sonntag.

Und an seinen Bruder hab ich denken müssen, an den Luis, und was der eigentlich zu den Kindern vom

Bertl aus Reichenau sagen würde, wenn er es denn wissen tät. Der hat ja selber seit ein paar Jahren zwei gehabt, und wie man in Neiselbach gehört hat, ist es ihm nicht gut gegangen. Der war schon immer ein bissel ein Depp, das muss man sagen, und wenn ihm jemand mit einer guten Idee gekommen ist, dann war er gleich dafür, die Idee hat nur neu sein müssen. Ein Fleißiger ist er nie gewesen, das muss man auch sagen, das war beim Bertl schon immer ganz was anderes. Und schuld waren immer die anderen, Gott und die Welt, aber das kennt man ja von solchen Leuten. Da war der Bertl aus anderem Holz geschnitzt. Er hat nie Bauer werden wollen, der Luis, hat er früher immer gesagt, und dann hat er vieles ausprobiert. Botenfahrten mit einem kleinen LKW, Plastikgeschirr-Partys, wo man Plastik-Glumpert an die Leute verkauft, Lehrer für so eine chinesische Kämpferei, dann war er eine Zeitlang Vertreter für Heizdecken, und ich weiß nicht, was noch für Gschaftelhubereien. Und dann, nach all den Jahren, hat er plötzlich gesagt, dass er am liebsten Bauer geworden wär, aber ihm hätt man ja keinen Hof hinterlassen und er hätt es nie so leicht gehabt wie sein Bruder. Ein bissel stimmt es, aber es stimmt auch wieder nicht, weil auch wenn der Luis das ganze Geld bekommen hätt, wär es jetzt schon wieder weg gewesen, weil der Luis so einer ist. Der Bertl, der hat immer alles zusammengehalten, auch wenn er sich ohne das Geld vom Pfeiffer-Schurl schwerer getan hätt. Aber vielleicht hätt er sich ohne das Geld auch wieder leichter getan, weil er nicht auf so depperte Ideen gekommen wär wie die mit dem Erzählen, dass der alte Herr Graf sein Vater sein sollt und der Herr Hanno sein Halbbruder.

Und dann ist mir auch noch der Binder-Willi wieder eingefallen, weil der doch als Erster gesagt hat, dass er einen von den Jagdpächtern erschießen wird, oder gleich alle beide, daran hab ich mich jetzt nicht gescheit erinnern können. Und das wegen dem kleinen, schwarzen Hund Waldi, der mit der Frau, der Binder-Hermi vor dem Haus spazieren gegangen ist. Auf das hat man nicht vergessen dürfen, weil der Waldi für die Hermi und den Willi wie ein Kind war, nicht wie ein Hund. Auch wenn sich das jemand, der nie einen Hund oder eine Katz gehabt hat, nicht vorstellen kann.

Ja, es ist schon so, wie die Großmutter allweil gesagt hat: Es kann der Frömmste nicht in Frieden leben, wenn es dem bösen Nachbarn nicht gefällt.

16

Herr Otto Neumann kam ein wenig spät.

„Neumann *himself*", sagte er, schob einen Sessel zurück und setzte sich. Die Rechenmaschine stellte er auf den Tisch, den Jagdhut mit dem üppigen Hirschbart legte er gleich daneben.

„Nehmen Sie doch bitte Platz, Herr Neumann!" Patrick Sandor hob unmerklich die Augenbrauen.

„Ingenieur Neumann, Herr Sandor", sagte Otto Neumann.

„Herr Sektionschef Doktor Sandor", korrigierte Müller und zog den dunkelblauen Kaschmirpullover energisch über seine Hüften.

„*No problem.*" Neumann winkte mit dem rechten Arm der Bedienung. Er sei eben aus Wien eingetroffen, nach einem wichtigen Meeting mit seinem Range Rover von dort gleich abgefahren, wie er betonte. Dann hatte er sich im Jagdhaus jagdlich umgezogen. Bei Rosel bestellte er sodann Beef tartare mit Toast, mehr nicht, und einen halben Liter Beaujolais.

Diät, verkündete er. Tatsächlich konnte man ihn füllig nennen, wobei das gesteppte grüne Gilet diesen Eindruck wohl verstärkte. Befremdlich für die anwesenden Herren war jedoch die Unbekümmertheit, die Herr Otto Neumann verströmte, war man doch ganz allgemein davon ausgegangen, dass der ermordete Herr Würger ein Freund gewesen war.

Komisch, so nannte Herr Otto Neumann die ganze Geschichte, ja, so läppisch benannte er den Vorfall tatsächlich. Mit Franz Würger habe er persönlich wenig gemein gehabt. Die Großzügigkeit habe diesem gefehlt, der Blick für das große Ganze. Man habe sich erst vor etwas mehr als drei Jahren kennen gelernt, über ein Inserat in einer Jagdzeitschrift. Er selber habe eine Jagdmöglichkeit gesucht und Würger einen Teilhaber für das Jagdrevier. Eine Okkasion, Neumann lächelte ein wenig unangenehm, ein Beamter sei Würger einen Gefallen schuldig gewesen. Am falschen Ort war dieser mit der falschen Frau gesehen worden, und darüber Schweigen zu bewahren, hatte sich für Würger bezahlt gemacht.

„*Anyway*", sagte Otto Neumann, schwenkte sein halb gefülltes Glas gegen das Licht, schlürfte Rotwein, rollte den Schluck im Munde herum. Dann erst ließ er ihn die Kehle hinunterrinnen. Degustation war unerlässlich.

„Staubsaugervertreter, *by the way*", sagte er, „das erklärt bei Würger vielleicht so manches."

Was das erklären würde, fragte Müller.

„Die Art, den Lebensstil." Otto Neumann drückte mit der Gabel Beef tartare auf gebutterten Toast. „Besser gesagt: den nicht vorhandenen Stil", führte er noch aus. „Kleinkariert eben."

„Wegen keinem Stil hat also einer dem Franz Würger die Steine in den Rucksack gepackt und ihn die Wand runtergestoßen? Den Blödsinn soll jetzt einer glauben?", sagte Singer-Simon.

Das Pachten eines Jagdreviers sei nicht gerade wohlfeil, schon gar nicht eines Hochwildreviers, sagte Patrick Sandor, Rehe und Hirsche, Gämsen und Mouflon kosteten ungleich mehr als Hasen und Fasane, und dennoch habe Herr Neumann mit Herrn Würger solches unternommen, einem Staubsaugervertreter. Da müsse man sich doch in der Tat die Frage stellen, ob Herr Würger für solche Extravaganzen *à la longue* liquide genug gewesen sei, zehn Jahre Pacht seien eine lange Zeit. Und Staubsaugervertreter sei vielleicht nicht unbedingt der Beruf, der einem im Handumdrehen zu einem ansehnlichen Vermögen verhelfe.

„Wie ich ihn kennen gelernt hab, da ist der Franz Würger mit einem großen Mitsubishi angefahren gekommen. Gewohnt hat er in einem Haus in Hietzing, das ist ja eine gute Adresse – *and so what.*" Geräuschvoll schlürfte Neumann einen weiteren Schluck Beaujolais. „Jede Menge *cash*, hab ich mir gedacht."

„Es kommt vor", sagte Müller, „dass Leute mit einem dicken Auto spazieren fahren und in einem großen Haus wohnen. Schon mal was von Leasing und Kredit gehört?"

Otto Neumann machte schmale Augen und stellte klirrend sein Weinglas auf den Tisch.

„Also, zwischen uns entsteht kein Flow, das hab ich mir gleich gedacht." Er reckte kämpferisch das Kinn.

„Was sind Sie denn überhaupt von Beruf?", fragte Müller ein wenig despektierlich.

Nun, Otto Neumann war Unternehmensberater, *by the way*.

Laut lachte Müller auf.

Was denn jetzt so witzig sei, wollte Neumann wissen.

Unternehmensberater! Das sind die, die anderer Leute Geld Gassi führen, amüsierte sich Müller, das habe er in einem Kabarett im Fernsehen gehört.

Ob das jetzt Müllers private *job-description* seines Berufes sei, wollte Neumann wissen.

Der Blick für das große Ganze, der Franz Würger gefehlt habe, auf den würde er jetzt gerne zurückkommen, sagte Patrick Sandor und versuchte, Rosels Aufmerksamkeit zu erhaschen. Schiere Lust nach einem weiteren Mocca war ihn plötzlich überkommen.

„Der hat nicht über den Tellerrand schauen können, der Würger“, sagte Otto Neumann, „der hat dauernd Angst gehabt, ich könnte ihm die stärkeren Hirschen vor der Nase wegschießen, weil ich öfters ins Revier herausgekommen bin als er.“ Und nicht, dass er persönlich etwas gegen Nichtfüttern habe, mehr Arbeit brauche er wirklich auch nicht, aber bei Würger sei es nur um das Geld gegangen, der letzte Winter und die Futterkosten hätten ihn ins Schwitzen gebracht. *No money, no cash*, der Typ. „Die Jagdcommunity war nicht amused“, fügte Otto Neumann noch hinzu.

„Wer?“, fragte Simon Singer.

Die Jäger und der Hegeleiter hier im Tal, da müsse man nur die Eingeborenen fragen, die würden es von den Dächern pfeifen. Aber wie gesagt, von ihm sei das alles nicht ausgegangen, füttern sei nun einmal *part of the game*, das habe er dem Kollegen immer wieder gesagt. Auch das Wildessen, das jährliche, aber das sei dem Kollegen ebenfalls zu teuer gewesen.

„Stil ist also, wenn der Jagdkollege Ihnen die kapitalen Hirschen im Revier stehen lässt.“ Müller zog über den Hüften den dunkelblauen Kaschmirpullover in die Länge.

„Nein! Aber cool wäre es gewesen, nicht an jeder Ecke im Revier eine Wildkamera zu installieren“, alterierte sich Otto Neumann.

„Ja, da schau her!“, sagte Simon Singer. „Jetzt wird es interessant.“

Das müsse man ihm jetzt erklären, forderte Müller.

In den letzten Jahren sei es Mode geworden, bei Fütterungen im Revier Wildkameras zu installieren, mit Bewegungssensor und Schwarz-Blitz-Auslöser, sagte Simon Singer. „Damit weiß der Jäger, was bei ihm los ist im Revier, und den Wildbestand kann er auch zählen, sagt man." Früher habe man auch ohne das Glumpert sein Auslangen gefunden, und eine Diskussion wegen Datenschutz habe es auch schon gegeben, fügte Singer hinzu, wenn nämlich jemand von der Kamera fotografiert werde, der gar nichts von der Kamera wisse. Theoretisch müsste man so eine Kamera melden oder mit einem Schild darauf hinweisen. „Aber das macht nur ein Depp", sagte Singer, „so schnell kannst da gar nicht schauen, ist so eine Kamera gestohlen. Also red't halt niemand drüber. Und, Hand aufs Herz, welchen Jäger interessiert schon ein Spaziergänger. So ein Foto löscht doch eh gleich ein jeder von seiner Speicherkarte."

Das könne er nicht beantworten, erklärte Otto Neumann, diesen Teil des Reviermanagements habe er stets Franz Würger überlassen, er schaue sich Hirsche nicht auf Bildern an, sondern schieße sie. Dazu habe man ein Revier, sonst hätte er gleich ein Fotolabor pachten können. *Nonsense*, das Ganze. Außerdem würde er nicht jetzt im Dezember, wo die Jagdpacht für das kommende Jahr zu zahlen war, seinen Partner erschießen. Nicht bevor das Geld geflossen sei, weil er jetzt laut Vertrag nach einem Ersatz suchen müsse.

„Sie wissen aber schon, wo die Kamera oder die Kameras im Revier montiert sind?", fragte Singer-Simon.

Müller zog energisch am Kaschmirpullover.

„*Sure*", sagte Otto Neumann, „zwei sind es. Aber wollen Sie da jetzt wirklich noch hin? Es wird nicht mehr lang hell sein."

Dennoch brach man auf, wobei Revierinspektor Singer darauf bestand, im Dienstauto dem Geländewagen des Herrn Otto Neumann zu folgen. Patrick Sandor und Müller nahm er darin mit, auf keinen Fall wollte er sich von einem präsumtiven Verdächtigen chauffieren lassen.

Bog man nach der letzten Brücke am Ortsende von Neiselbach links in eine Schotterstraße, kam man nach wenigen hundert Metern vor einem rot-weiß-roten Schlagbaum zu stehen. Forststraße, Zufahrt verboten, stand auf der runden Tafel rechts vom versperrten Schranken. Am letzten Haus von Neiselbach war man unten in der Kurve vorbeigefahren. Dort waren beim Küchenfenster Vorhänge zur Seite geschoben worden, eine Gestalt hatte ihnen nachgeblickt. Weitere Häuser standen nicht in diesem Revierteil, man war mit Tier und Wald alleine auf der Welt, revierfremde Fahrzeuge hatten hier sonst nichts verloren.

Die Forststraße, vom Schnee geräumt, stieg gemächlich bergan, teilte sich bei der nächsten Kreuzung in eine Straße, die linker Hand steil den Berg hinauf, rechter Hand nahezu eben in ein enges, verschneites Tal führte. Diesen Weg nahm Otto Neumann mit seinem Geländewagen. Simon Singer folgte den roten Begrenzungslichtern. Im Auto war man still.

Wenige Minuten nur währte die Fahrt, dann war man angekommen. Die Straße endete in einer kleinen Lichtung, vom steil ansteigenden Wald umkränzt, und rechts oben am Hang zwischen Bäumen befand sich die Fütterung. In taubenblauer Luft mühte sich Otto Neumann die Böschung hinauf. Krachend brach die Schneedecke bei jedem Schritt. Es war seit den Nachmittagsstunden empfindlich kälter geworden. Gegenüber der Fütterung hatte Franz Würger die Kamera an den Stamm einer Buche geschnallt. Müller war als Einziger dem Auto gar nicht erst entstiegen. Nadelbäume, deren Äste schwer am Schnee trugen, interessierten ihn nicht, dunkle Baumstämme, die so peu à peu im Nebeldunst versanken, ließen ihn frösteln. Die trostlose Landschaft aus dem Autofenster zu betrachten, genügte ihm vollkommen.

Das Ende der Welt, dachte er ein wenig exaltiert, vielleicht hatte ihn die Malaise mit Frau Lisi mehr derangiert als zuerst angenommen.

Als jedoch Otto Neumann, der eine geraume Weile an der Kamera herumgenestelt hatte, die Arme gereizt in die Höhe riss, sich zu den Herren umdrehte und leere Handflächen präsentierte, öffnete auch Müller seine Autotür.

Eine Speicherkarte mit Fotos gab es nicht.

17

Im Goldenen Hirschen traf man an diesem Abend erst zu späterer Stunde ein.

Es hatte im Revier länger gedauert, als man vorgehabt hatte. Tollpatschig war Otto Neumann die Böschung hinabgestolpert, hatte sich ungeschickt am Buschwerk festgeklammert. Genützt hatte es wenig, auf den letzten Metern war er übel gestürzt und den Hang herabgekollert. Als er mit Fluchen zu einem Ende gekommen war, hatte er den unwirsch vorgebrachten Wunsch bekundet, die nächste Fütterung aufzusuchen. Dort sei die zweite Wildkamera zu finden, hatte er erklärt, und mit dem Teufel müsse es einhergehen, wenn die Speicherkarte dort auch nicht vorhanden sei.

„Vielleicht war auf den Bildern ein kapitaler Hirsch zu sehen, und der Franz Würger hat Ihnen den nicht gegönnt und die Karten selbst entnommen", hatte Müller vorgeschlagen.

„Ja, der Jägerneid, der ist ein Luder", hatte Simon Singer ergänzt.

Nonsense, hatte Otto Neumann respondiert, Franz Würger habe gewusst, dass er sich für die Bilder nicht im Geringsten interessiere, und überdies habe er schon immer den Ort, an dem Würger die Kameras angebracht habe, als Zumutung empfunden, auch nie Lust verspürt, Böschungen wie eine Gämse hinauf- und hinunterzuklettern, *by the way*. Die zweite Kamera würde sich an noch beschwerlicherer Stelle befinden, noch steiler und weiter der Aufstieg, *no chance*, dem Ding mit dem Auto auch nur in die Nähe zu kommen. Denn Herr Otto Neumann bewegte sich in seinem Jagdrevier nicht zu Fuß – zu leicht erreichbaren Hochständen mit dem Geländewagen zu fahren, schien ihm opportun.

Otto Neumann behielt übrigens recht, der Aufstieg zur zweiten Kamera hatte nicht nur bergan durch verschneites Gelände geführt, über einen kleinen Felsen hatte man sogar ein wenig klettern müssen, schon der Weg im Auto dorthin hatte sich endlos durch das ganze Revier gezogen. So war es Patrick Sandor vorgekommen, der zu seinem Unbehagen bemerkt hatte, dass er auf seinem Handy keine Anrufe empfangen konnte. Ein Anruf aus der Pathologie stand noch aus. Als Simon Singer sich ohne viel Federlesen erbötig gezeigt hatte, den Aufstieg zu wagen, war Sandor also geradezu erleichtert gewesen. Von Müller ganz zu schweigen, der mit seinem feuchten Schuhwerk nicht nochmals aus dem Auto hatte steigen wollen. Vielleicht wäre es Otto Neumann gar nicht gelungen, zur Kamera zu gelangen. Es war schon dunkel geworden, und das fahle Schneelicht hatte den Weg nur unvollkommen erahnen lassen. Den Aufstieg, den Singer bravourös bewerkstelligt hatte, hätte er sich sparen können. Auch diese Kamera war leer – und Otto Neumann mit seinem Latein am Ende. Das hatte er mehrfach betont.

Nun saß man also wieder hier im Goldenen Hirschen. Simon Singer hatte ein Krügel Bier bestellt, Müller seine feuchten Schuhe mit Zeitungspapier ausgestopft und auf die Heizung gestellt. Es stand zu hoffen, dass Frau Lisi baldigst Bekleidung nach Neiselbach schicken würde, nachfragen würde Müller nicht. Und Patrick Sandor wusste beim besten Willen nicht, worauf er noch Lust hatte. Mocca würde er keinen mehr nehmen, dafür war es schon zu spät.

Otto Neumann war noch mitgekommen, dieses *Get-together* hatte er sich nicht entgehen lassen wollen, nur auf einen Sprung, wie er betonte, obwohl man ihn weder eingeladen hatte noch an diesem Abend benötigte. Die Nonchalance, mit der Neumann der ganzen Angelegenheit einen geradezu privaten Anstrich zu verleihen wusste, ließ Simon Singer aufrichtig darüber nachdenken, ob es nicht zweckmäßiger war, in Hinkunft Befragungen auf seiner Dienststelle abzuhalten. Es würde einer Ermittlung womöglich mehr Ernsthaftigkeit verleihen.

Da brummte Sandors Handy. Ein im Jagdrevier verpasster Anruf wurde erst jetzt gemeldet. Der Gerichtsmediziner aus der Pathologie, der um einen Rückruf bat, sonst hatte er auf der Mobilbox nichts hinterlassen. Nun allerdings war er nicht mehr zu erreichen, wie die Vermittlung bekanntgab, schon nach Hause gegangen, und Nachricht hatte er keine hinterlassen. Patrick Sandor, der Diskretion sonst durchaus zu schätzen wusste, war agaciert. Man konnte es auch übertreiben.

Dies, Otto Neumanns sich wiederholendes Geschwätz und die vorübergehende Unfähigkeit, sich kulinarisch festzulegen, mochten zu der schroffen Unterbrechung beigetragen haben. Tatsächlich fiel Sektionschef Doktor Sandor dem Otto Neumann ins Wort:

„Pekuniär haben Sie keine Probleme, durchaus Lust, Hirsche zu füttern, und sind an Speicherkarten bei Gott nicht interessiert“, resümierte er. „Das hören wir von Ihnen seit Stunden. Das Ganze hat doch null *added value*!“

Der nächste Morgen brachte so einiges.

Mit einem wohlverschnürten Karton erschien der Postbeamte in der Gaststube des Goldenen Hirschen, wo Müller alleine beim Frühstück saß und gerade überlegte, ob ein weiches Ei Ham and Eggs nicht vorzuziehen war. Die Ankunft des Pakets, auf dem als Absender Frau Lisi angegeben war, ließ sein Inneres erwartungsvoll erzittern. Neugierig durchschnitt er mit dem Frühstücksmesser die Schnur, wickelte das Packpapier ab und hob den Deckel hoch. Sorgsam verpackt lagen da Flanellhemden, Pullover, seine Daunenjacke und die festen Schuhe. Mehr Kleider als ihm lieb, doch kein Billet. Die Enttäuschung konnte er im Magen spüren, ratlos ließ er sich auf seinen Platz zurücksinken. Die Lust auf Ham and Eggs war ihm vergangen. Nur, was hatte er bloß erwartet? Ein paar Zeilen offenbar, ein nettes, unkompliziertes Schreiben, wie er erst jetzt bemerkte. Da saß nun also eine Frau auf der Baustelle in der Ausstellungsstraße und er wusste nicht, was sie so dachte. Wie einfach wäre es gewesen, wenn Lisi einen Zettel beigelegt hätte. Nichts Großartiges, durchaus Triviales wie *Hier deine Wäsche*, und geschlossen hätte es mit *Alles Liebe* oder einem schlichten *Grüße*. Ein billetloses Paket jedoch war eine emotionale Ohrfeige. War Müller vor fünf Minuten seine Anwesenheit hier in Neiselbach ganz selbstverständlich erschienen, bekam sie jetzt einen unangenehmen Beigeschmack. Nicht mehr Herr der Lage, dachte er ein wenig übertrieben. Und dass er trotz allem keine Lust auf Kinder verspürte. Was schließlich sein gutes Recht war, fügte er in Gedanken hinzu. Angewidert schob er den Teller von sich, auch eine Honigsemmel behagte ihm nicht mehr, und nahm einen Schluck Kaffee.

Also, wenn es nicht leicht geht, dann lassen wir es lieber, dachte er erregt, da schon der Gedanke, dass er zum Handy greifen könnte, um sich für die Postsendung zu bedanken, ihn bis aufs Blut reizte.

Patrick Sandor hingegen hatte am Vorabend nach dem Verzehr gebackener Champignons, die mit einer Remouladensauce gereicht worden waren, die er nicht goutierte, den Goldenen Hirschen zeitig verlassen. Es wäre nicht notwendig gewesen, sein Nachbar hatte am späten Nachmittag Holz nachgelegt, das Feuer brannte noch die halbe Nacht. Aber Otto Neumanns angelsächsisch angehauchtes Gebrabbel hatte ihn ungeduldig werden lassen. Vielleicht hatten ihn die sprachlichen Entgleisungen an seine Verlobte Fiona und ihre Heimat erinnert. Vor allem an ihre Abwesenheit und das bevorstehende Weihnachtsfest. Manchmal wusste man so etwas selbst nicht zu sagen. Den Abend hatte er musikalisch mit Schuberts Winterreise zugebracht.

In morgendlicher Düsternis war er aufgestanden, hatte zwei Tassen Lapsang Souchong getrunken und war beim ersten elfenbeinfarbenen Tageslicht hinauf nach Siebenstein zur Kirche gefahren. Hätte man ihn bei Betreten des Friedhofs gefragt, was er hier machte, wäre er wohl in Verlegenheit geraten. Er konnte es selbst nicht sagen, nur schlecht geschlafen hatte er, Schuberts *schauerliche Lieder* hatten ihm zugesetzt. Eigentlich sollte er es besser wissen, Schuberts Musik ließ ihn in nachdenklicher Stimmung stets gänzlich verloren zurück.

Zwischen den Gräbern waren die Wege vom Schnee bereits freigeschaufelt, der Gemeindediener war in aller Herrgottsfrühe zugange gewesen. Von herbstlichem Blumenschmuck war nichts mehr zu sehen. Wie kleine Daunendecken lagen Schneehauben auf den Gräbern, auf so mancher lag halb versunken ein Tannengesteck, die meisten Grablichter, die man am Sonntag angezündet, waren erloschen. Wo Patrick Sandor das letzte Mal aufgehört hatte, auf Grabkreuzen zu lesen, wer nämlich wann gestorben war, las er nun weiter.

„Haben Sie nicht schlafen können?"

Sandor, in Geburts- und Sterbejahreszahlen versunken, hatte niemanden kommen hören, dabei war die alte Frau mit Stock und orthopädischen Schuhen auf den harten Wegen sicherlich nicht leise gewesen.

„Haben Sie leicht den Moralischen?", wollte sie wissen. Da erklang Orgelmusik in der Kirche und Sandor lächelte.

„Bach", sagte er. „Adagio", fügte er hinzu.

„Davon weiß ich nix", antwortete die alte Frau, „aber das soll unser neuer Organist werden. Der spielt mit Herz. Dem Alten ist es schon ein wengerl zu viel gewesen, hat er gesagt, aber seit der Neue den Leuten so gut gefallt, hat er's mit dem Aufhören gar nicht mehr so eilig."

Sachte wehte eisiger Lufthauch am Friedhof in Siebenstein, in elfenbeinfarbener Luft war wie mit Tusche gezeichnet der Schneeberg zum Greifen nah, auf einem zierlichen Zweig mit letzten Hagebutten schaukelte eine aufgeplusterte Amsel.

Da schrillte Patrick Sandors Handy. In der Kirche verstummte das Orgelspiel.

Der Pathologe aus Wiener Neustadt, den er am Vorabend nicht mehr erreicht hatte. Viel hatte er nicht zu berichten – und doch Aufschlussreiches. An gebrochenem Genick war Franz Würger zu Tode gekommen, was bei einem Sturz aus solcher Höhe nicht weiter verwunderlich war. Allerdings hatte er vorher einiges an Tee mit Rum verschluckt. Mit Barbituraten angereichert. Und das, das gab zu denken.

Und weil man sich schon ein wenig kannte, also die alte Frau und Patrick Sandor, ließ er darüber eine Bemerkung fallen, was ihm nicht ähnlich sah. Über mit Steinen angefüllte Rucksäcke und Schlaftabletten in Tee mit Rum.

„Wie's halt manches Mal so zugeht im Leben, wenn es einer ganz genau nimmt", sagte die alte Frau und stützte sich ein wenig mehr auf ihren Stock. Allzu lange würde sie hier nicht mehr stehen bleiben. Aber die Geschichte mit den sieben Geißlein, die sie schon dem Alois erzählt hatte, erwähnte sie noch, das mit dem Den-Hals-nicht-voll-Kriegen. Nur, wissen würde sie nichts, über den Herrn Würger nämlich, weil Herr Würger nicht von hier gewesen sei und sie mit der Person nichts anfangen könne, auch wenn, streng genommen, die Leute einander ähnlicher seien, als man denken würde. Ein Neidhammel, habe man im Tal gesagt, einer, der nur ungern was auslassen würd. Aber der andere sei nicht viel besser, nur mit dem Mundwerk vielleicht.

Wenn man einen kennt, kennt man gleich alle, das habe schon die Großmutter so manches Mal gesagt.

Kommen S' doch auf einen Kaffee heut am Nachmittag, lud sie Patrick Sandor noch ein. Es war ihr in den orthopädischen Krankenkassaschuhen auf den Schneewegen kalt an den Zehen geworden, und am Friedhofstor blieb ein Auto stehen. Ihr Sohn kam sie abholen.

„Gerne komme ich zum Kaffee, ich glaub nämlich in der Tat, dass ich ihn hab, den Moralischen", sagte Patrick Sandor und lächelte.

19

„Ein Zwangsneurotiker oder ein Scherzbold?“, fragte Müller gereizt, und Sandor dachte, dass Müllers Laune wohl nicht nur mit den Eigenarten eines Mörders zu tun haben konnte, der sein Opfer zuerst betäubte und dann mit Gewichten versehen von einem Felsen stieß.

„Haben Sie vielleicht auch den Moralischen?“, fragte er ihn daher.

Der Versuchung, dieses neu erlernte linguistische Kleinod zu benutzen, konnte er nicht widerstehen.

Müller, dem diese Beschreibung einer seelischen Befindlichkeit durchaus geläufig, verneinte vehement. „Nein, aber eine gesunde Wut hab ich“, schnaubte er und nahm einen letzten Schluck Kaffee.

Mit dem Frühstück war er gerade fertig geworden, als Patrick Sandor zu ihm in die Gaststube gestoßen war. Falls man von Frühstück überhaupt reden konnte – eine Semmel hatte er zerbröselt. Dem Karton, der neben ihm auf der Bank stand, erteilte er einen verächtlichen Schubs.

„Muss ich wissen, was da drinnen ist?“ Patrick Sandor zog die Augenbrauen hoch.

„Nein, nicht wirklich“, sagte Müller knapp und zerrte den dunkelblauen Kaschmirpullover in die Länge.

„Bevor es mir wieder entfällt, mein lieber Müller, betrachten Sie den Pullover bitte als mein Geschenk“, sagte Sandor und erhob sich. Revierinspektor Simon Singer war eben zur Tür hereingekommen und wünschte Rosel einen guten Morgen.

Er habe jetzt seine eigenen Sachen, antwortete Müller, nahm den Deckel von der Schachtel ab und zog die Daunenjacke heraus.

Dies würde ihn nicht daran hindern, Müller eine Freude zu machen, beteuerte Sandor, der mit Pullovern ein wenig heikel war, und nickte Simon Singer zu. Die Neuigkeiten aus der Pathologie hatte er ihm am Weg vom Friedhof zum Goldenen Hirschen bereits telefonisch mitgeteilt.

Man hatte doch einiges vor. Franz Würger hatte hier im Tal ein Zimmer in einem aufgelassenen Gasthaus zur Miete genommen. Wenn er auf die Jagd gegangen war, hatte er hier übernachtet, war nicht nach Wien zurückgefahren. Da wollte man vorbeischauen, und beim Binder-Willi am Weg dorthin, auch wenn Morddrohungen wegen eines kleinen Hundes nicht ganz ernst zu nehmen waren. Ignorieren konnte man sie dennoch nicht.

Das Ehepaar Binder war tatsächlich zu Hause. Willi war im Kuhstall, die Tür stand offen, es brannte Licht, Hermi hängte im Schürzenkleid und in dicker Zopfstrickjacke im Freien Bettwäsche auf. Und Waldi, Waldi stieg im Schnee zaghaft von einer kleinen Pfote auf die andere. Beim Anblick der drei Herren, die Simon Singers Dienstauto entstiegen, hüpfte er zu Hermi, stellte sich auf die Hinterfüße und kratzte mit den vorderen an ihrem Bein. Da hob sie ihn hoch, küsste ihn auf die Schnauze und drückte ihn an ihre stattliche Oberweite. Den Männern gegenüber war sie jedoch distanziert, ihr Gruß fiel kühl aus.

Willi war herzlicher. Die Mistgabel ließ er in der Scheibtruhe liegen, drückte jedem die Hand, empfahl einen Selbergebrannten, den zu dieser Tageszeit keiner haben wollte, und bot wortreich seine Hilfe an. Wofür auch immer. Die Frage, die Revierinspektor

Singer ihm nun allerdings stellte, hatte er nicht erwartet, das konnte man sehen.

Ob er denn mit dem Tod des Herrn Franz Würger etwas zu tun habe, denn immerhin habe er anlässlich der Drohung der beiden Jagdpächter, den kleinen Hund zu erschießen, lauthals verkündet, die mögen sich selbst in Acht nehmen, leicht könne da etwas passieren.

Hermi bettete ihren Waldi auf den linken Arm, stellte sich neben ihren Mann und strich ihr Schürzenkleid glatt.

„Und jetzt ist ja wirklich was passiert“, schloss Simon Singer und schob die Unterlippe ein wenig vor.

„Und nicht gerade eine Kleinigkeit“, fügte Kriminalinspektor Müller hinzu und vergrub die Hände in den Taschen seiner Daunenjacke. In festen Schuhen und warmer Kleidung fühlte er sich besser.

„Damit hab ich nichts zum tun“, begehrte Willi stockend auf.

Hermi fasste beschützend nach seinem Arm, hob kriegerisch das Kinn. „Jedem, der dem Waldi blöd kommt, wird was passieren, hat der Mann gesagt. Und wie er es gesagt hat, ist es auch gekommen“, sagte sie stolz und drückte ihre Wange zärtlich an Waldis Kopf.

„No, komm! Ich patz mich doch nicht an wegen so einem Zwutschkerlhund!“, stotterte Willi besorgt.

Da ließ Hermi seinen Arm los, musterte ihn ungläubig und drückte Waldi erneut fest an ihre stattliche Oberweite.

Simon Singer stieg als Erster ins Dienstauto, Müller tat es ihm gleich. Es gab in der Tat nichts mehr zu sagen, bei Gott nicht zu ermitteln. Wie schon von Anfang an vermutet, waren die Drohungen lediglich leeres Wirtshausgeschwätz gewesen. Nur Patrick Sandor ließ sich Zeit und drehte sich noch einmal zum Ehepaar Binder um. Hochaufgerichtet stand Hermi mit blanken Augen vor der Haustüre, Waldi an der Brust, und Willi schlich mit hochgezogenen Schultern über den Hof zurück in den Stall. Dort, wo er hingehöre, könne er heute gleich übernachten, hatte Hermi aus Leibeskräften geschrien, weil den Hof, den habe sie mit in die Ehe gebracht.

Bitter für die wehrhafte Hermi, ihren Helden Willi vom Sockel stürzen zu sehen. Eine häusliche Tragödie. Willi, ihr Mann, ein schlichter Maulheld, mehr schon nicht.

Wenige Kilometer nach dem Ortsende von Neiselbach, noch vor dem Piestingtal, stehen seit den sechziger Jahren an einer schmalen Straße Wochenendhäuschen mit Garten. Das letzte Haus, ein großes zweistöckiges, war das aufgelassene Wirtshaus. Der Sohn des verstorbenen Wirts hatte für diesen Beruf weder Talent noch Penchant und die Gaststätte daher kurzerhand geschlossen. Nur zwei Zimmer im Oberstock hatte er an Jahresmieter vergeben. Franz Würgers Zimmer war gleich rechts nach dem Stiegenaufgang.

Spartanisch war das Ameublement und überdies hellgrün gestrichen, eine Lampe gab es nicht, nur eine triste Glühbirne, die von der Decke baumelte, und hinter der Türe in der Ecke ein Waschbecken für die morgendliche Toilette. Im Zahnputzglas standen Franz Würgers Zahnbürste und -pasta, am Waschtischhalter hing ein oranges Handtuch. Müller betätigte den Lichtschalter, vor den Fenstern war es noch trüb.

„Wie viel Watt hat denn die Birne leicht?", beschwerte sich Revierinspektor Singer. „Bei dem gelben Funzellicht siehst ja noch schlechter wie ohne."

„Wir müssen nur in den Kasten und in die Tischlade schauen und dann noch ins Nachtkastl, sonst steht hier nichts herum", sagte Kriminalinspektor Müller, „das kriegen wir schon hin."

„In der Tat, und wie ich sehe, befindet sich das Gewehr des Herrn Würger auch nicht hier", sagte Dr. Patrick Sandor, schob den schmutzig-weißen Vorhang zur Seite und schaute einem vorüberfahrenden Lieferwagen nach. Der Ausblick auf die Ortsstraße und die Bushaltestelle vis-à-vis war ernüchternd.

Revierinspektor Singer hatte den Kleiderkasten geöffnet, einiges an Wechselwäsche, ein Steireranzug und ein Wetterfleck, mehr war nicht vorhanden. Franz Würger hatte das Zimmer offenbar nur als Pied-à-terre benutzt. Der Nachttisch war leer, kein Buch und keine Zeitschrift, auf Lektüre schien der Tote keinen gesteigerten Wert gelegt zu haben, zumindest nicht hier auf dem Lande. Aber vielleicht lag es auch an der fehlenden Nachttischlampe.

Müller versuchte, die Lade des schlichten Tisches aufzuziehen, die, wie es schien, ein wenig verzogen war. Nach einigem Gezerre sprang sie auf. Eine kleine Mappe mit Kontoauszügen hatte sich verkeilt.

Das Guthaben auf Franz Würgers Girokonto konnte man durchaus beachtlich nennen, bemerkenswert waren vor allem die Bareinzahlungen in beträchtlicher Höhe, die in regelmäßigen Abständen erfolgt waren.

„Ja, da schau her!" Simon Singer pfiff anerkennend durch die Zähne. „Ein lukratives Nebengeschäft, das geht so seit guten eineinhalb Jahren. Vielleicht hat der

Herr Würger wieder einmal jemanden in Begleitung der falschen Person am falschen Ort gesehen."

Er hatte die Auszüge durchgeblättert und überreichte nun Müller die Mappe.

„Erstaunlich, was man immer wieder entdeckt", sagte Patrick Sandor.

Der liebe Otto Neumann habe doch von finanziellen Engpässen des Herrn Würger berichtet, der Grund, weshalb man auf die Fütterung der Hirsche verzichtet habe, sagte Müller, und nun dies. Und überhaupt, woher kam das ganze Geld?

Staubsaugervertreter, erinnerte Müller und zog zweifelnd die Augenbrauen hoch.

„Und der Neumann hat nix davon gemerkt, dass sich die Finanzen ein wengerl entspannt haben?", fragte Simon Singer rhetorisch.

Müller drehte am Lichtschalter, in den Zimmerecken lagen wieder Schatten.

„Wenn er nicht umgebracht worden wär, der Würger-Franz", Singer blickte sich von der Türe aus ein letztes Mal in dem Zimmer mit den grüngestrichenen Möbeln um, „hätt er's eines Tages in dem Selbstmörderzimmer vielleicht ganz von selbst erledigt."

20

Spät am Vormittag ist sie dann doch aufgerissen, die Nebeldecke, und die Sonne ist hervorgekommen. Zuschauen hat man können, wie sie den Nebel verschluckt hat. Und weil die Meinigen nach Wiener Neustadt gefahren sind, einiges für Weihnachten besorgen, hab ich das kleine Beserl genommen und bin mit dem Wolfi zu meinem Lieblingsplatz bei den Haselstauden hinaus, mein Bankerl vom Schnee abkehren. Ein Stückl Styropor hab ich mitgehabt, das hat mir der Sohn einmal aus einer ganzen Isolierplatte geschnitten, und wenn man sich da draufsetzt, geht es nicht mehr kalt durch, und mit dem wollenen Kopftuch war mir überhaupt ganz wohl. Dem Wolfi hab ich auch eine Decke mitgenommen, weil man so ein Viecherl nicht am Schnee liegen lassen kann, das kriegt von der Kälte ja auch das Reißete, und ich hab gewusst, dass er nicht die ganze Zeit herumlaufen wird wollen. Gewundert hab ich mich wieder einmal, was für eine Kraft die Sonne zu der Jahreszeit noch hat, das glaubt man ja gar nicht. Weit hat man schauen können, wie frisch gewaschen war die Luft. Da wird man schon beim Hinschauen fröhlich, hab ich mir gedacht. Und oben im blauen Himmel hat der Bussard im Rüttelflug seine Kreise gezogen und grad so wie ein Katzerl gerufen.

Froh war ich aber, wie ich dann gesessen bin, und gefreut hab ich mich, dass ich nichts zum tun gehabt hab, es wär schad gewesen, bei dem Wetter im Haus bleiben zu müssen. Mittagessen hat es ja keines gegeben, weil keiner da gewesen ist und ich nichts hab wollen. Da hab ich Zeit gehabt, dass ich bis um zwei Uhr auf meinem Platzerl bleib, länger nicht, weil da die Sonne hinter den Bäumen verschwindet und einem die Kälte in die Knochen kriecht, so schnell kannst ja gar nicht schauen. Mein Fernglasl hab ich mitgehabt, an solch einem Tag macht das die doppelte Freud, so weit wie man da schauen kann.

Auf der Straße, dort wo die Reifenspuren von den Autos waren, ist der Schnee sogar schon geschmolzen, das wird, wenn die Sonne weg ist, dann gleich eisig, da hab ich gewusst, dass ich auch mit meinem Stock wegen den orthopädischen Krankenkassaschuhen doppelt aufpassen muss, weil die keine gescheite Sohle haben. Da hätt der Sohn geschimpft, weil der das gar nicht mag, dass ich bei Schnee und Eis raus zu meinem Platzerl geh, schon gar nicht, wenn keiner zu Hause ist. Aber manchmal hat man halt Lust zu was nicht so ganz Gescheitem.

Da bin ich also gesessen und war ganz zufrieden, es hat kaum ein Lüfterl geweht, nicht wie am Morgen in Siebenstein. Den Zwetschenfleck für den Herrn Sektionschef, den hab ich in der Früh, wie ich vom Friedhof nach Hause gekommen bin, schon gebacken gehabt. Und wenn er auf was Süßes keine Lust gehabt hätt, hätt das auch nichts gemacht, weil wir zum Antragen immer einen Speck im Haus haben oder eine Hirschwurst. Aber ich hab gewusst, dass der Herr Doktor Sandor, der Herr Sektionschef mein ich, sicher nicht vor dem Dunkelwerden kommen würd, sondern eher so gegen fünf, weil die drei Männer sich doch um die Aufklärung von dem Mord kümmern haben müssen.

Schön war es in der Sonne, und dem Wolfi hab ich Schneebälle geworfen, das hat er gern, nur wundern tut er sich dann, dass von so einem Ball gar nichts überbleibt. Er ist schon ein rechter Kasperl, wie er dann herumspringt. Und von Zeit zu Zeit hab ich durch mein Fernglasl geschaut, ob vielleicht irgendwer bei dem Wetter spazieren geht. Auf der Wiese gegenüber sind die drei Pferde vom Huber-Bauern bei der Fütterung gestanden, gleich bei den großen, dunklen Tannen, der Schnee hat im Sonnenschein gefunkelt wie Bergkristalle, und in der großen Esche sind zwei Eichelhäher von Ast zu Ast gehupft.

Dann hat es leider gar nicht lang gedauert, da haben die beiden rau zum rätschen angefangen und sind gleich auf und davon geflogen. Jemand ist die Straße zu Fuß raufgekommen, und der Wolfi hat gebellt und ist die Straße ein wengerl nach vor gelaufen. Da hab ich das Fernglasl genommen und durchgeschaut, und dann hab ich fast lachen müssen, weil es die Frau Lisi war, dem Herrn Kriminalinspektor Müller seine Liebe, und die ist zu mir heraufgestiegen. Das hat mich dann nicht so gestört, wie wenn es jemand anderer gewesen wär, weil die Frau Lisi eine ganz eine Nette ist und ich sie schon eine Weile nicht gesehen gehabt hab.

Ganz rosig war sie im Gesicht, weil ihr in der Sonne beim Heraufsteigen doch ein wengerl heiß geworden ist, den Anorak hat sie aufgemacht gehabt, und die blonden Haare ganz verwuschelt, weil sie das Kopftuch runtergezogen gehabt hat. Grüß Gott hat sie gewunschen, so freundlich wie immer, hab ich mir gedacht, und dem Wolfi hat sie den Kopf gestreichelt, aber lustig dreingeschaut hat sie nicht wirklich.

Gar nichts hat sie haben wollen, keinen Kaffee und keinen Kuchen, rein gar nichts, und ich bin sitzen geblieben, weil ich mir gedacht hab, dass das keinen Sinn macht, wenn wir ins Haus gehen und sie eh nichts haben will. Dazu ist noch Zeit, wenn die Sonne hinter der Bergkuppe verschwindet, hab ich mir gedacht.

Aber das Stückl Styropor zum Sitzen hab ich ihr hingeschoben, weil mein Platz schon abgetaut und warm gewesen ist.

Umgeschaut hat sie sich, die Landschaft schaut im Winter ja ganz anders aus als wie im Herbst. Und da hab ich zur ihr gesagt, dass ich mir gleich gedacht hab, dass der Herr Kriminalinspektor sie nachkommen lassen wird, wie ich ihn unlängst wegen dem Mord hier heraußen bei uns in Neiselbach gesehen hab. Der Wolfi hat sich wieder auf seine Decke gelegt.

Nein, sie wär gar nicht zum Bleiben hier heraußen, und von einem Mord wüsst sie nichts, hat sie da gesagt, sie würd sich nur von mir verabschieden wollen. Und dann hat sie ein Schnäuztuch aus ihrer Tasche gezogen.

Geh, ich bitt Sie, wie können Sie sich verabschieden, wenn Sie grad erst angekommen sind, hab ich da gesagt und ihr den Arm getätschelt. Viel mehr war ja nicht zum sagen, weil ich mich im Moment nicht ausgekannt hab. Das ist mir mit der Frau Lisi schon einmal passiert, dass sie einfach so zum Weinen angefangen hat, weil sie auch ein romantisches Gemüt ist.

Wohnen Sie wieder im Goldenen Hirschen?, hab ich dann gefragt, weil ich mir gedacht hab, dass so eine einfache Frage sie vielleicht ein wengerl ablenkt, von was auch immer, und sie da nicht erst großartig nachdenken muss.

Da hat sie noch mehr zum Weinen angefangen, und da hab ich schon gewusst, dass sie nur gekommen ist, weil sie mit mir hat reden wollen. Vielleicht hat sie in Wien ja niemanden gehabt, dem sie ihr Herz hätt ausschütten können. Also hab ich drauf gewartet, dass ihr wieder besser wird, wenn jemand gar so weint, kannst ihn ja nichts fragen, schon gar nicht, wenn man gar nicht weiß, wohin die Reise eigentlich gehen sollt. Also hab ich ihr von Zeit zu Zeit den Arm getätschelt und ihr ein Packerl Taschentücher hingehalten, die hab ich immer in der Tasche von meinem Schürzenkleid. Und dem Wolfi hab ich einen Schneeball geworfen, weil der nicht mehr auf seiner Decke hat liegen wollen.

Es ist aus, hat sie dann so plötzlich gesagt, dass ich mich fast geschreckt hätt, und sie würd nicht im Goldenen Hirschen wohnen, weil sie heut grad aus Wien dahergekommen wär und dann gleich wieder zurückfahren würd.

Was?, hab ich da gesagt, da sind Sie extra mit dem Zug vom Südbahnhof nach Wiener Neustadt, mit der Piestingbahn zu uns nach Neiselbach und mit dem Bus zum Goldenen Hirschen, dann noch zu Fuß zu mir hier herauf, und das alles nur zum reden?

Ich hab es gar nicht glauben können. Eine Ewigkeit dauert es nicht, aber doch eineinhalb Stunden oder zwei, und die Frau Lisi hat ja nicht bleiben wollen, sondern an demselben Tag wieder zurück.

Und was soll denn das heißen, es ist aus?, hab ich dann noch gefragt.

Der Müller und sie, hat sie gesagt, das war einmal, das würd nix mehr werden.

Und so sehr sie sich zuerst Zeit gelassen hat, so sehr ist jetzt alles aus ihr herausgesprudelt.

Dass sie in Wien die Nachbarwohnung dazugenommen hätten, weil es vorher schon für zwei zu eng gewesen wär, und im Wohnzimmer wären die Handwerker durch die Wand gebrochen, nur vor Weihnachten würden die jetzt nicht mehr fertig werden, aber da wär dann auch Platz für ein Kinderzimmer. Das hätt sie sich schon immer gewünscht, ein Kind.

Dann war sie ein wengerl still, und ich hab mich gefragt, ob jetzt noch was kommt. Aber da ist nix mehr gekommen.

Und was ist mit dem Herrn Kriminalinspektor?, hab ich sie dann halt gefragt, weil ich mir gedacht hab, dass es den in der Geschichte ja eigentlich auch noch gibt.

Da hat sich die Frau Lisi wieder geschnäuzt und gesagt, dass der Müller keine will, Kinder nämlich. Und ich hab in mich hineinlächeln müssen, weil ich mich wieder erinnert hab, dass der Herr Kriminalinspektor seinen Vornamen so wenig leiden kann, dass sogar seine Frau Lisi ihn nur Müller nennt.

Auf und davon wär er ihr, hat da die Frau Lisi gesagt, nur weil das Loch in der Wohnzimmermauer vor Weihnachten nicht zugemacht werden würd. Eine Tasche hätt er gepackt, letzten Sonntag, ohne ihr was zum sagen, und wär gar nicht mehr heimgekommen. Nur eine Nachricht hätt er ihr geschickt mit dem Handy, dass er noch Wäsche brauchen würd, und das grad hier in Neiselbach.

Da hat die Frau Lisi laut aufgeschluchzt, und ich hab mir gedacht, dass ihr jetzt sicher eingefallen ist, dass der Herr Kriminalinspektor sich hier in Neiselbach wegen ihr einmal geprügelt hat, und zwar mit ihrem Mann, oben am Friedhof in Siebenstein, so verliebt ist er damals gewesen.

Und dafür hab ich ihr gesagt, dass das nicht das Leben ist, wenn so ein Mannsbild sich mit einem anderen wegen ihr auf den Gräbern in Siebenstein herumrollt, und dass zum Kinderkriegen immer zwei gehören. Und dass der Herr Kriminalinspektor auch nicht mehr der Jüngste ist, so an die fünfzig, was ich mich hab erinnern können. Das wär ja nicht alt, aber wenn so ein Kind dann zwanzig ist und er siebzig, würd die Welt schon wieder anders ausschauen, und dass ihm das vielleicht im Kopf umgehen würd. Da könnt man sich schon fürchten. Und außerdem wär das mit der Frau Lisi ja hübsch schnell gegangen, grad sind sie noch ein Liebespaar in einem schlamperten Verhältnis gewesen, und gleich drauf haben sie schon zusammengelebt, obwohl die Frau Lisi noch nicht geschieden gewesen ist.

Das wär für den Herrn Kriminalinspektor vielleicht ein bissel viel auf einmal gewesen, weil Mannsbilder sich nicht so schnell auf was Neues einrichten können, das hab ich auch noch gesagt nach einer Weile, weil die Frau Lisi den Mund nicht aufgemacht hat. Und dem Wolfi hab ich noch einen Schneeball geworfen.

Viel Zeit zum Draußensitzen haben wir nicht mehr gehabt. Die Sonne ist der Bergkuppe immer näher gekommen, und ich wollt noch Futter in das Vogelhäusl hineingeben. Grad jetzt, wo viel Schnee liegt, brauchen die Vögel das wie einen Bissen Brot. Wir könnten nach drinnen auf einen Kaffee gehen, hab ich vorgeschlagen, aber die Frau Lisi hat nicht mehr wollen. Es würd ihr zu spät werden, hat sie gesagt, weil sie den ganzen Weg nach Wien wieder zurück hat müssen.

Da hab ich gewusst, dass sie nicht zum Goldenen Hirschen gehen würd, um auf ihren Müller zu warten und sich mit ihm vielleicht zu versöhnen.

So ein Kind, hab ich ihr da noch gesagt, das schweißt nicht zusammen, das bringt einen auseinand, und dass so ein Pamperletsch das nicht verdient hätt, dass schon von Anfang an ein Gfrett wär, weil diese kleinen Wesen ja nicht darum bitten, geboren zu werden, aber wir Erwachsenen das oft vergessen.

Da hat die Frau Lisi tief geseufzt und ist aufgestanden. Die Sonne ist gerade erst hinter den Baumwipfeln verschwunden, aber gleich ist es um vieles kälter geworden, und beim Gehen in den Reifenspuren hat es schon zum knirschen angefangen.

Ich kann es nicht glauben, dass sie nur wegen einer Plauscherei mit mir herausgekommen sind, hab ich da zu ihr gesagt und ihre Hand ein wengerl festgehalten, weil sie mir ja leidgetan hab. So kränken tut man sich nur, wenn man noch jung ist.

Stellen Sie am vierten Dezember Barbarazweigerln ins Wasser, am Tag von der heiligen Barbara nämlich, und wenn die Kirschblüten dann am vierundzwanzigsten Dezember blühen, haben Sie im kommenden Jahr ein großes Glück zum erwarten. Das hab ich ihr auch noch gesagt, wie sie mich zum Haus zurückbegleitet hat, weil sie mich auf dem angefrorenen Schnee nicht allein hat zurückgehen lassen wollen.

Nehmen Sie sich alle Zeit von der Welt, hab ich ihr geraten, ihrem lieben Kriminalinspektor Müller und ihnen lauft doch nix davon.

Mehr hab ich nicht gesagt.

21

Man war an diesem restlichen Tag nicht mehr viel weitergekommen. So kam den Herren das Sammeln kleiner Mosaiksteinchen tatsächlich vor, noch immer war kein Bild entstanden, doch große Taten können nicht an jedem Tag vollbracht werden.

Revierinspektor Singer war mit den beiden Herren von Jagdkollege zu Jagdkollege gefahren, auf Bauernhöfen war man gewesen, hatte Schnäpse abgelehnt und auf Holzplätzen im verschneiten Wald zwischen Baumstämmen diskurriert. Niemand schien nach drei Jahren Franz Würger hier im Tal näher gekannt zu haben, zumindest nicht nahe genug, um mit ihm im Schnee einen Becher Tee mit Rum zu trinken. Im Tal war er nur als einer der beiden Jäger aus Wien bekannt, die im Winter das Wild nicht mehr füttern werden und auf die man mit Leichtigkeit verzichten hätte können.

Hatte Franz Würger tatsächlich jemanden erpresst, und wenn, weswegen? Bei Bareinzahlungen konnte man an so manches denken – Schwarzgeschäfte, Drogengeld und dergleichen, zu einem Franz Würger passte dies alles jedoch nicht. Aber Erpressung schien ihm durchaus zu liegen. Von dem Beamten hatte er einen Gefallen für sein Schweigen eingefordert, vielleicht hatte er sich danach auf nur mehr Pekuniäres verlegt. Die Bareinzahlungen ließen kaum einen anderen Schluss zu. Und hätte er freiwillig mit der Person, die er erpresst, eine Thermosflasche Tee mit Rum geteilt? Denn gewaltsam eingeflößt hatte ihm niemand etwas, das hatte der Pathologe betont.

Man war im Goldenen Hirschen auf ein schnelles Mittagessen eingekehrt, ein kleines Gulasch und Müller Würstel mit Saft. Im Gastzimmer herrschte das übliche Kommen und Gehen der Weißweintrinker an der Budel, sonst war nicht viel los, an einem Wochentag ging man nicht grundlos ins Wirtshaus, dazu hatte in Neiselbach niemand Zeit.

Patrick Sandor hatte in Wien angerufen, Order erteilt, die Wohnung des Herrn Würger zu inspizieren, mit besonderem Augenmerk auf eventuelle finanzielle Transaktionen. Mit Herrn Neumann würde man sich auch noch einmal unterhalten müssen, wenn auch nicht an diesem Tag. Und noch immer war da ein fehlendes Gewehr.

Der Nachmittag war kurz und Müller seltsamer Stimmung. Auf der Bahnstation draußen im Piestingstal hatte er sogar geglaubt, im Vorüberfahren Frau Lisi gesehen zu haben.

Das gab Sandor dann doch zu denken. Gerne sage er es nicht, aber Müller sei es in der Tat nicht gelungen, seiner privaten Causa den tragischen Beigeschmack zu nehmen, meinte er.

Müller war sich keiner Schuld bewusst, ja, er verstand gar nicht, wovon die Rede war.

„Anrufen hättest sollen, nicht nur eine SMS schicken“, brachte Singer die Problematik auf den Punkt und wendete das Auto. Es dämmerte bereits, für heute wollte man es gut sein lassen, den Herrn Sektionschef nach Hause bringen. Er habe vor dem gemeinsamen Abendessen noch etwas vor, hatte er wissen lassen.

„Das ist mir alles zu kompliziert“, begehrte Müller auf, „wenn es alleine einfacher ist, wozu muss man sich zu zweit abplagen?“

Fraglos könne man ohne Liebe leben, sagte Patrick Sandor, die Frage sei doch lediglich, ob so ein Zustand nicht überflüssig sei.

Bei seinem kleinen, gelben Haus stieg Patrick Sandor aus. Später würde man sich im Goldenen Hirschen wiedertreffen. Es war wohltuend warm im Haus, der Nachbar hatte im Holzofen zweimal nachgelegt. Dennoch hatte Sandor anderes vor. Die Lodenjacke zog er gar nicht erst aus, den Hut ließ er auf, nahm noch einen Schal, wickelte ihn um den Hals und zog Handschuhe an. Oben am Friedhof in Siebenstein wehte doch immer zumindest ein leichter Wind.

Wenn es dämmerte und alle nach ihren Familiengräbern geschaut, Gestecke zurechtgerückt, Lichter angezündet hatten und nach Hause gegangen waren, begann des neuen Organisten lustvolle Musikstunde. So hatte man Patrick Sandor erzählt. Und dass er immer Altes spielen würde, nichts Neues.

Patrick Sandor hatte also im Schnee zwischen Gräbern ein Stelldichein mit Barockmusik, so nannte er sein nachmittägliches Rendezvous im Stillen. Seinen alten Landrover ließ er am unteren Eingang zum Friedhof stehen, stieg gemächlich die Steinstufen zur Kirche hinauf. In roten Laternen flackerten Kerzen, Schnee knirschte unter seinen Füßen, und über Grabsteine wehten ihn verhalten Musikakkorde an. Nebeldunst lag auf Schneewiesen vor den Steinmauern, auf einem der Bauernhöfe bellte beharrlich ein Hund. Es roch in der kalten Luft nach weiterem Schnee.

Lauschend stand Sandor wieder an der Kirchentüre, eintreten mochte er nicht, das kleine Barockkonzert im Freien genießen.

Bach, das Adagio. Tröstlich, mit dem Versprechen auf Herrliches.

22

Der lasst Ihnen keine Ruh, der Friedhof, gell, und die Musi auch nicht, hab ich zum Herrn Sektionschef gesagt, wie er dahergekommen ist, wo ich schon geglaubt hab, dass er sich's überlegt hat, weil es draußen schon dunkel war. Dabei war es noch gar nicht so spät, aber wegen dem Nebel hat es noch früher zu dämmern angefangen. Die Meinigen waren noch nicht da, die haben aus Wiener Neustadt erst spät wieder nach Hause kommen wollen. Auf ein kleines Stückl Zwetschenfleck hat er Lust gehabt, der Herr Doktor, und auf eine Tasse Tee, weil ihm in Siebenstein doch ein wengerl kalt geworden ist, weil er doch die ganze Zeit im Schnee vor der Kirchentür gestanden ist und sich nicht hat wegrühren wollen, so gut hat ihm die Musik gefallen.

Barock wär seine Lieblingsmusik, hat er gesagt, weil das die wirren Gedanken in Ordnung bringt, überhaupt nach einem Tag, wo man mit vielen Leute reden müsst und nichts dabei rausschauen würd und sich Abgründe auftun würden, so wie bei den Binder-Leuten, der Hermi und dem Willi, hat er gesagt und die Untertasse mit der Teetasse drauf hochgehoben. Ich hab das gute Steingutgeschirr aufgedeckt gehabt, das ich nur mit der Hand abwasch und die Schwiegertochter nicht in den Geschirrspüler stellen lass.

Da hab ich schon wissen wollen, was denn dort los gewesen ist, weil ich mir gedacht hab, dass nirgendwo mehr ein Friede ist, bei der Frau Lisi ja auch nicht. Zu weit das Maul aufgerissen hat er halt, der Binder-Willi, hab ich gesagt, wie er mir die Geschichte erzählt gehabt hat, aber ich hab auch gewusst, dass die Binder-Hermi nicht lang bös sein würd, weil bei aller Liebe zu ihrem kleinen Viecherl, dem Waldi, hängt sie an dem Mann. Stolz ist sie halt auf ihn gewesen, auf den Willi, weil er sich so ins Zeug geschmissen hat, aber wenn sie selber ein bissel nachgedacht hätt, hätt sie schon wissen können, dass man einen Menschen nicht mit dem Erschießen bedroht. Das kannst dir nicht einmal erlauben, wenn er dir selber nach dem Leben trachtet. Wir sind ja hier in Neiselbach nicht in einem Cowboy-Film.

Und da hab ich ihm gesagt, dass es bei der Frau Lisi offenbar auch einen Ärger geben würd und auch bei seinem Kriminalinspektor, weil sie kurz bei mir gewesen wär.

Da hat mich der Herr Sektionschef zuerst groß angeschaut und die Untertasse mit der Tasse zurück auf den Tisch gestellt, und dann hat er zum lachen angefangen. Da hätt er seinem Müller heute Unrecht getan, hat er gesagt, weil der geglaubt hat, dass er die Frau Lisi auf der Bahnstation erkennt, und er selber, der Herr Sektionschef, hätt ihm gesagt, dass das alles Larifari wär. Und jetzt wär sie es ja doch gewesen.

Da hab ich ihn gradheraus gefragt, ob er sich nicht ein bissel einmischen möchte. Und seinem Kriminalinspektor sagen, dass er die Frau Lisi anrufen soll oder bei ihr vorbeischauen, weil sie mir so verzweifelt vorgekommen ist. Auch wenn es eigentlich keinen wirklichen Grund gibt, aber junge Leut sehen die Sachen eben gleich immer viel dramatischer. Und auch wenn ich von Tratscherei nichts halten würd, manchmal sehen die Leut den Wald vor lauter Bäumen nicht, hätt die Großmutter gesagt, und ein Stesser in die richtige Richtung würd manchmal Wunder wirken. Ein bissel eilig würd sie es ja haben, die Frau Lisi, mit allem, hab ich noch gesagt, aber wenn man mit ihr reden würd, der Herr Kriminalinspektor nämlich, dann müsst das zu einem guten Ende führen, weil gern hätten sich die beiden doch.

Und der Herr Sektionschef hat gelacht und gesagt, dass ich mich jetzt schon um das Wohl und Wehe seiner Leute kümmern müsst, und er würd schauen, ob sich was ergibt, aber so mit der Tür ins Haus fallen, das könnt er nicht.

Dann ist er auf den neuen Mord zum Sprechen gekommen, weil er gewusst hat, dass ich nichts weitererzählen werd. Er hat gesagt, dass der Herr Würger eingeschläfert worden ist und dass sie da Kontoauszüge gefunden hätten mit vielen Ungereimtheiten.

Da hab ich nur den Kopf geschüttelt und ihm noch einmal gesagt, dass mich das an den Wolf und die sieben Geißlein erinnern würd, wie er zu Tode gekommen ist, auch wenn man dazu ein bissel eine Fantasie brauchen würd. Ein gieriger Mensch, einer, der den Hals nicht vollbekommen würd, der doch eigentlich eh genug Geld zum Hirschfüttern gehabt hätt, wie man jetzt weiß. Vielleicht war es doch der andere, der kein Geld gehabt hat, der Herr Neumann, hab ich da die Geschichte ein wengerl weitergesponnen, weil ich aus dem Lagerhaus schon gehört gehabt hab, dass er öfters anschreiben hat lassen. Und das Sägewerk draußen im Piestingtal, die würden ihm auch keine Schwartlinge mehr liefern für die Hochstände, dabei sind das nur ungehobelte Bretter, nur mehr bei Barzahlung. Und das macht bei uns sonst keiner, dass man nicht vertraut.

Aber mit dem Geld ist das heut so eine Sache, seit der Wirtschaftskrise geben die Leut nicht mehr so gern welches aus, und vom Schönbacher-Bertl, der immer mehr Geld gehabt hat, als man braucht, hab ich auch schon gehört gehabt, dass er anschreiben lasst.

Aber hier draußen würd mir keiner einfallen, der mit dem Herrn Würger speziell was zum tun gehabt hätt. Außer seinem Jägerfreund. Mit dem wär er halt jagen gegangen, und gewohnt hätt er im aufgelassenen Gasthaus vom Messner-Karl. Eigentlich hätten alle immer nur geschimpft, weil die zwei sich an nichts gehalten hätten. Aber dass mir sonst nicht wirklich was einfallen würd, außer den Hausleitner-Leuten, die das Haus dort haben, wo das Revier beginnt. Die wüssten immer ganz genau, was sich da abspielt. Jedes Mal, wenn man dort vorbeifährt, würden sie den Vorhang zur Seiten schieben. Vielleicht hätten die gesehen, wer da ins Revier gefahren wär, das könnt bei denen leicht sein. Eigentlich müsst das dem Herrn Sektionschef aufgefallen sein, wie sie ja alle miteinander mit dem Herrn Neumann wegen der Kameras im Revier waren. Und von den zweien, dem Binder-Willi und dem Schönbacher-Bertl, die so geprotzt hätten, dass sie den beiden Wiener Jägern schon zeigen würden, wo es langgeht, wär der eine ja schon umgefallen.

Und der Schönbacher-Bertl, mein Gott, der, hab ich gesagt, der wär in erster Linie mit sich selbst beschäftigt, das war er immer, schon als ein Junger, herausgeputzt wie ein Pfingstochs. Wie der immer herumgerannt ist, hab ich dem Herrn Sektionschef erzählt. Und dann die Familiengeschichte vom Bertl und halt auch die von seinem Bruder Luis, damit er sich ein bissel besser auskennt, deswegen ist er ja zu mir gekommen, nicht nur wegen dem Zwetschenfleck, auch wenn ihm der wirklich gut geschmeckt hat.

Und dann wollt der Herr Sektionschef wissen, ob vielleicht was dran sein könnt an der Geschichte, dass der alte Graf Fürchtenbert der Vater vom Bertl wär, die Tante Adele vom Hanno, die hätt das für möglich gehalten, da wär er selber dabei gewesen.

No, so ein Schmarren, hab ich da gerufen, die hört das Gras wachsen, hätt die Großmutter gesagt. Und dass man beim Bertl manchmal das Wünschen von der Wahrheit nicht unterscheiden könnt, grad auch so wie mit den zwei Kindern und der Mutter mit den roten Haaren aus Reichenau. Das hab ich dem Herrn Sektionschef dann auch noch erzählt, und gesagt hab ich, dass der Alois und ich glauben, dass keiner in Neiselbach was von der Geschichte weiß, nicht einmal der Bruder vom Bertl, der Luis. Auch dem Alois hätt der Bertl es jetzt erst erzählt. Und das hätt er schon vor Jahren tun können, ganz klein waren die beiden Kinder ja nicht mehr. Aber hier in Neiselbach hab ich von sowas in all den Jahren nie was gehört.

Da hab ich dem Herrn Sektionschef noch einen Tee nachgeschenkt, weil er immer wieder die Hände gerieben hat, als möcht er sie aufwärmen. Wenn man, ohne sich zu rühren, eine hübsche Weile im Schnee herumsteht, kriecht einem die Kälte bis in die Knochen.

Es ist schon sehr anständig vom Herrn Hanno, hab ich mir gedacht, dass er drüber hinwegschaut, wie der Bertl sich manchmal aufführt. Und die Tante Adele, no, lassen wir das, hab ich gedacht, weil es bei manchen Leuten schad ist um jedes weitere Wort. Wo die heimgegangene Gräfin Fürchtenbert so eine Schwester hat herhaben können, hab ich ja nie begriffen. Da könnt man fast anfangen, ans Baby-Vertauschen zu glauben. Und damals, zu Zeiten vom alten Herrn Grafen, da war die Tante nie so oft da wie jetzt in den letzten Jahren.

Der Herr Hanno wär viel zu gut, hab ich dann zum Herrn Sektionschef gesagt, dafür würd sich die Tante so oft hier ins Schloss heraus einladen, grad immer zu Zeiten, wo es was besonders Gutes zum Essen gibt, wie auch jetzt, so kurz vor Weihnachten, obwohl nach der Heiligen Kathrein im Advent die Fastenzeit beginnt, aber daran würd sich keiner mehr halten.

Ich hab noch zwei Scheiteln Holz in unseren Küchenofen geschmissen, damit das Feuer nicht ausgeht. Wenn es draußen unter null Grad hat, merkt man das gleich im Haus. Außerdem hab ich mich ein bissel bewegen wollen, wenn ich zu lang sitz, merk ich das im Kreuz, und mit dem Aufstehen tu ich mir dann auch nicht so leicht.

Der Herr Sektionschef hat da grad nichts gesagt, und ich hab ihn in Ruh lassen, weil ich sehen hab können, dass ihm so einiges durch den Kopf gegangen ist.

Der Herr Neumann hat also anschreiben lassen, hat er nach einer Weile gesagt und die Augenbrauen hochgezogen, und dass der Herr Kriminalinspektor, der Singer-Simon und er sich darüber mit ihm noch unterhalten müssten.

Da hat plötzlich ein Telefon geklingelt, das ist dem Herrn Sektionschef seines gewesen. Und während er zugehört hat, was man ihm erzählt, war sein Gesicht wie versteinert. Da muss was passiert sein, hab ich mir noch gedacht, etwas, was ihm zu Herzen geht.

Viel hat er nicht gesprochen, bis er aufgelegt hat.

Das war die Polizei aus Wien, hat er zu mir gesagt, aus der Zuckerdose einen Löffel Zucker in seine Tasse gegeben und umgerührt, dabei hat er das schon vorher gemacht gehabt. Dann hat er die Untertasse mit der Teetasse drauf hochgehoben, und einen Schluck genommen. Dass es zu süß gewesen sein muss, hat man ihm gar nicht angemerkt.

Und angeschaut hat er mich, als würd er erst jetzt aufwachen.

Ich fahr morgen nach Wien, hat er gesagt, man hat eine rote Wollmütze im Wasser gefunden, bei der Urania am Donaukanal.

23

In der Ausstellungsstraße dem Wiener Riesenrad gegenüber lag kein Schnee, nur Matsch, der Nebelhimmel von tristem Grau, verwaist die Buden des Praters zu dieser Jahreszeit, und von einem Wintermarktplatz am Riesenradplatz war an diesem frühen Vormittag nichts zu erahnen. Müller stand vor seinem Wohnhaus, die Hände in der Daunenjacke vergraben, und betrachtete die vertraute Umgebung. Die kahlen Bäume und die Straße gefielen ihm nicht. Das war beunruhigend, er hatte immer sehr gerne hier gelebt, seit er vor Jahren eingezogen war. Er blickte hinauf zu den Fenstern im zweiten Stock. In seiner Wohnung brannte kein Licht, Lisi war wohl nicht zu Hause.

Patrick Sandor war am Vorabend früher als erwartet im Goldenen Hirschen erschienen. Echauffiert, wie Müller sofort bemerkte, denn er bestellte tatsächlich eine Omelette, im Vollbesitz seiner geistigen und emotionalen Kräfte ein Ding der Unmöglichkeit, der Koch hatte seinen freien Tag. An diesem Abend spielte es jedoch kulinarisch keine Rolle, in der Eierspeise hatte er lediglich herumgestochert.

„Am liebsten würde ich umgehend nach Wien fahren", hatte Sandor nach einer Weile verkündet, die Serviette an die Lippen geführt.

„Wollen Sie sich das leicht antun und in die Wohnung von dem Würger-Franz schauen?", hatte Simon Singer gefragt.

Patrick Sandor hatte ein Gesicht gezogen, als habe er von einem Würger noch nie gehört. „Guter Gott, nein", hatte er dann geistesabwesend geantwortet, es gehe um eine rote Mütze, die man aus dem Donaukanal gefischt.

Die Geschichte des Stadtflaneurs mit Fischgrätmantel und roter Mütze aus dem Resselpark hatte Müller Simon Singer zu späterer Stunde erzählt, als Sandor nach Hause gegangen war, nachdem Müller vehement den Wunsch bekundet hatte, nach Wien mitfahren zu wollen.

Schon im Stiegenhaus fühlte Müller sich unbehaglich, fremd geradezu, was er insgeheim lächerlich fand, schließlich war er nur wenige Tage fortgewesen. Noch heute Morgen hätte er es vorgezogen, Frau Lisi nicht in seiner Wohnung anzutreffen, es war ihm nicht der Sinn nach Beziehungsdebatte gestanden. Dass sie nun offenbar nicht da war, enttäuschte ihn doch.

„Kein Zustand die ganze Chose", murmelte er, als er in den Aufzug stieg.

Vielleicht hätte er in seiner SMS nicht nur den Wunsch nach Wäsche verbalisieren sollen, sondern auch Grüße schicken. Zumindest.

Im Nachhinein ist man immer gescheiter, dachte Müller und seufzte tief, als der Aufzug mit einem Ruck im zweiten Stock stehenblieb. Aber wer hatte ahnen können, dass diese Geschichte dermaßen eskalierte. Immerhin war in dem Wäschekarton auch kein Billet gelegen.

Vor der Türe holte Müller noch einmal tief Luft. Möglich, dass Lisi einfach keine Lust gehabt hatte, Licht anzudrehen. Doch er musste den Schlüssel im Türschloss zweimal umdrehen, es war tatsächlich niemand da.

Natürlich wusste Müller, dass in der Wohnzimmerwand ein Loch war, Auslöser dieses Beziehungsmalaise eigentlich. Aber die Erinnerung an seine Wohnung hatte ihm in den wenigen Tagen seiner Abwesenheit einen Streich gespielt. So grauenhaft hatte er sie nicht in Erinnerung. Den flatternden Plastikvorhang vor dem Mauerdurchbruch, das abgedeckte Mobiliar, auf allem eine helle Staubschicht. Im Vorzimmer lehnte sein Staubsauger in einer Ecke. Es roch nach feuchtem Ziegel und Mauerwerk.

Müllers schlechtes Gewissen verflüchtigte sich. Zwei Flaschen Bier lagen im Eiskasten, vier rohe Eier und ein angefangenes Packerl Butter. Im Geschirrspüler stand sauberes, nicht ausgeräumtes Geschirr. Im Schlafzimmer waren die Betten gemacht, nachlässig, wie Müller fand, die Tagesdecke war nicht glattgezogen.

Er wurde wütend. „Ich muss jetzt aber kein Kind wollen, oder?“, fragte er laut und öffnete die Badezimmertüre. Lisis Parfumflacon fehlte.

Es waren nur wenige Schritte zurück ins Schlafzimmer. Müller zog Kommodenläden auf, öffnete Kastentüren. Leer. Lisis Garderobe ward nicht mehr.

Wie lange Müller auf der Tagesdecke seiner Betthälfte saß, wusste er dann nicht zu sagen. Und auch nicht, wann er zum letzten Mal den Radetzkymarsch gepfiffen hatte. Er zog sein Handy aus der Jackentasche, wählte eine Nummer:

„Sind Sie noch am Donaukanal bei der Urania? Ich komme zu Ihnen rüber.“

24

Die Polizei hatte Patrick Sandor am Telefon wenig zu sagen gehabt. Dass man den Fund einer roten Wollmütze überhaupt gemeldet hatte, war eine großzügige Geste gegenüber dem Sektionschef gewesen, der drei Anfragen bezüglich Fischgrätmantel und roter Mütze an die Exekutive gestellt hatte. Eine respektvolle, aber eben nur eine Geste. Die Mütze war bei der Urania im Wasser des Donaukanals getrieben. Ein Polizist, der Dienst auf der Uferpromenade versah, hatte sie herausgefischt. Von Fischgrätmantel war nichts zu sehen gewesen, und die DNA des Stadtflaneurs besaß man nicht, falls man diesen kostspieligen Weg einer Klärung überhaupt hätte wählen wollen. Streng genommen konnte die Mütze sonstwem gehören, das war der Stand der Dinge.

Als Patrick Sandor die Favoritenstraße Richtung Zentrum hinunterfuhr, hatte Müller darauf bestanden, bei der U-Bahn-Station Karlsplatz auszusteigen. Sandor hätte ihn nur zu gerne mit seinem Landrover in die Ausstellungstraße gebracht. Aber er hatte nicht gewusst, ob Frau Lisi zu Hause war. Es gibt Momente, da möchte man kein Publikum.

Beim Resselpark war Müller also ausgestiegen und Sandor um die Ecke zu seiner Wohnung weitergefahren, seinen Postkasten inspizieren. Urania und Donaukanal liefen ihm nicht davon. Noch lange dachte Sandor in späteren Zeiten an diese Momente zurück, als alle Versionen der Geschichte noch möglich gewesen waren. Er hätte einfach weiterfahren können, an diesem Tag auf einen Besuch beim Postkasten verzichten.

Es war entbehrliches Werbematerial gewesen, und Sandor hatte, wie schon so oft, daran gedacht, einen dieser Aufkleber, die Postwurfsendungen als unerwünscht auswiesen, an seinem Postfach anzubringen. Zwischen Günstig-Angeboten und Preissauschreiben war der Brief gelegen, fast hätte er ihn übersehen. Fionas markante Handschrift war ihm auch im Zeitalter der Mails und SMS wohlbekannt.

Erst im Auto sitzend hatte Sandor den Brief mit seinem Autoschlüssel aufgeschlitzt, das Trottoir war ihm nicht passend erschienen, Brieföffner hatte er keinen dabei gehabt.

„Ich hätte nicht gedacht, dass ich Dir jemals so einen Brief schreiben werde“, war in der ersten Zeile gestanden. Weiter war Sandor nicht gekommen. Er hatte den Kopf gehoben, durch die Windschutzscheibe geblickt. Blätterlos waren Bäume und Büsche im Schillerpark gewesen, vier große Hunde aufgeregt und ohne Leine und Maulkorb um das Schillerdenkmal herumgesprungen.

Das dürfen sie gar nicht, hatte Sandor zerstreut gedacht, sich mit den Ellenbogen am Lenkrad abgestützt. Zusammengekauert war die Hundesitterin auf einer Bank gesessen, Hundeleinen um den Hals gelegt, aufgelöst ein Handy an ihr Ohr drückend, hastig rauchend.

Es geht ihr nicht gut, hatte Sandor gedacht und den nicht weiter gelesenen Brief mit Kuvert in die linke Brusttasche seiner Tweedjacke geschoben, dorthin, wo sein Herz wohl lag.

Nun stand er also hier am Ufer des Donaukanals, schaute in zaghafte Wellen und hielt eine noch feuchte Wollmütze in der Rechten, die der Polizist von der Uferpromenade ihm übergeben hatte, als sein Handy zu läuten begann. Müller, er würde hierher nachkommen.

„Sie ist weg“, sagte Müller ohne vorher zu grüßen am Steg vor der Urania und stopfte seine Fäuste in die Taschen der Daunenjacke.

Streng genommen war ein Gruß überflüssig, man war vor kurzem gemeinsam in die Stadt gefahren, aber einleitende Worte hätte Patrick Sandor, der im Moment nicht wusste, wovon die Rede war, durchaus begrüßt.

„Fiona?“, fragte er konsterniert und fasste nach seiner linken Brusttasche. Es knisterte.

„Wer redet denn von Ihrer Verlobten?“, fragte Müller unhöflich. Es war doch nicht zu viel verlangt, wenn man sich dieses eine Mal gedanklich nur mit ihm und seinem Kummer beschäftigte, dachte er verletzt.

„Also, gestern war sie noch in Neiselbach, sollte jetzt die Rede von Ihrer Frau Lisi sein“, respondierte Patrick Sandor schroff, der emotionale Lapsus von vorhin war ihm zuwider.

„Das sagen Sie mir erst jetzt?“ Müller schien fassungslos.

Tatsächlich habe man in letzter Zeit nicht den Eindruck gewonnen, dass Müller an Frau Lisi übermäßig interessiert gewesen sei, verteidigte sich Sandor.

„Fahren wir gleich zurück nach Neiselbach? Der Simon wartet sicher schon auf uns wegen des Mordfalls“, sagte Müller scheinheilig.

„Es scheint sie gar nicht zu reizen, hier in Wien zu bleiben“, konstatierte Patrick Sandor und überlegte, ob er Müller warnen sollte, der offenbar und insgeheim hoffte, seine Frau Lisi irgendwo in Neiselbach einquartiert anzutreffen.

Seine Wohnung, die würde ihn reizen, sagte Müller. „Heimatlos, aus meiner Wohnung vertrieben“, fügte er ein wenig pathetisch hinzu und zupfte an seinem rotblonden Schnurbart, „und mein Staubsauger ist auch kaputt.“

Wenn es ihn denn trösten würde, könnte er sich sogar dazu hinreißen lassen, ihm einen zu schenken. Patrick Sandor warf einen letzten Blick auf das gegenüberliegende Ufer, seufzte verhalten und hielt die rote Mütze hoch. Zweifellos haftet ihr der Hauch eines glücklos beendeten Lebens an, dachte er.

Da läutete sein Handy. Beamte aus der Wohnung des Herrn Franz Würger. Kontoauszüge waren keine weiteren gefunden worden, doch eine Bestätigung über die Bezahlung einer Jagdpacht für das kommende Jahr. Euro zwölftausend, der Empfang quittiert. Von Herrn Otto Neumann.

25

Geh, ich bitt dich gar schön, Hermi, willst denn den Deinen wirklich im Gefängnis sitzen haben wegen einem Hund, hab ich das Mensch angefahren, weil ich das nicht mehr hab hören mögen. Den lieben langen Vormittag hat sie es jedem erzählt, wie am Pfarrboden alle aus dem Pfarrgemeinderat zusammengekommen sind, damit der Adventmarkt für den Samstag, den Nikolotag, besprochen wird. Dass der Willi Zwutschkerlhund zu ihrem Waldi gesagt hätt.

Ich hab mich um ein Standl nicht umtun müssen, weil ich nicht mehr so lange stehen und Leut bedienen kann, und die Bäckerei für den Stand „Essen auf Rädern", die hat die Schwiegertochter schon gemacht gehabt. Aber mit ihr mitgefahren bin ich, weil ich ein bissel unter die Leut kommen wollt, hören, ob es was Neues gibt.

Und am Nachmittag bin ich mit der Schwiegertochter mit in die Kirche, weil die Heidi in dem Jahr eine Idee gehabt hat: einen Sternenhimmel in die Kirche zu hängen. Zuerst waren nur wir da, und noch die Heidi und der Herr Pfarrer. Auf eine lange Holzstange wollten sie einen ganz dünnen, weißen Vorhang fädeln, aber der war so verwortakelt genäht, dass sie ihn gar nicht raufgebracht haben. Dabei haben die beiden am Anfang geglaubt, dass sie dafür keine halbe Stunde brauchen werden, und dann sind sie schon mehr als wie zwei Stunden in der Kirche gewesen. Ich hab mich in die erste Reihe gesetzt, weil mir die Krankenkassaschuh schon ein wengerl wehgetan haben.

Da hab ich es vor der Kirchentür schwätzen hören, die Wendel-Kathi und die Binder-Hermi. Zwutschkerlhund hat er zum Waldi gesagt, hat die Hermi jetzt der Kathi erzählt, dabei hat die Kathi das sicher schon von anderen gehört gehabt, weil sie eine Tratschtante ist, und den Tratsch, den die noch nicht gehört hat, den gibt es ja gar nicht. Sie ist schon eine Nocken, aber dass die Hermi so eine Trutschen ist, das hab ich all die Jahre nicht gedacht gehabt. Aber vielleicht war sie das nur wegen ihrem Waldi und wegen den Kindern. Die sind nämlich eines nach dem andern ausgezogen. Dann würd sich das vielleicht auch wieder legen. Das letzte Kind hat vielleicht doch ein Fell, hab ich mir gedacht. Aber deswegen kann sie mit dem Mann, dem Willi, nicht schiach sein, das hat sich der nicht verdient, hab ich gefunden.

No, und dann war der Vorhang noch immer nicht auf der Stange. Ich glaub, dass es ein Glück war, dass da unser neuer Organist, der Xaver, gekommen ist, weil der auf der Orgel für die Messen und die Weihnacht üben wollt. Wie er zum Spielen angefangen hat, ist es dem Herrn Pfarrer wieder besser gegangen, der ist schon am Geduldverlieren gewesen, aber die Heidi, die hat es sich nicht verdrießen lassen. Eine Hilfe war die Musik dann doch. Nur die Wendel-Kathi hat wieder was zum sagen gehabt. Wieso der Xaver denn überhaupt noch was üben muss, so lang wie der spielt, müsst er doch schon alles können. Da hab ich nicht einmal mehr was drauf gesagt, so deppert wie das war.

Und dann, dann ist der Vorhang auf der Stange gehangen, und die hat man mit zwei Schnüren durch die Löcher in der Kirchendecke raufgezogen. Da ist der Herr Pfarrer immer wieder die Dachbodenstiege rauf- und runtergelaufen, schauen, ob der Vorhang jetzt nicht schon zu hoch oder noch zu tief hängt. Und die Wendel-Kathi hat gesagt, dass der Vorhang zipfig genäht worden wär, und an jedem Ende ein wengerl in die Höh stehen würd. Aber ich hab der Heidi und dem Herrn Pfarrer gesagt, dass man gar nichts bemerken würd. Nicht einmal, wenn man was zum stänkern suchen würd.

Dann ist der Vorhang endlich gehangen, in der Mitte geteilt, so wie auf einer Bühne. Der Herr Pfarrer, die Heidi und die Schwiegertochter haben angefangen, Sterne draufzuhängen, Sterne, die die Leut aus Neiselbach schon gemacht gehabt haben. Gestickte, genähte oder gemalte, wonach halt jedem grad war. Das Muster dafür ist in der Pfarrzeitung gelegen, und die Schwiegertochter hat auch drei Sterne gemacht gehabt, gestickte, weil sie für sowas viel Geduld hat, wie für ihre Kekse und das Dekorieren. Jetzt hat man sich halt erhofft, dass in der ganzen Adventzeit Leute in Neiselbach Sterne machen und auf den Vorhang hängen. Da hat man jetzt schon neugierig sein können, was für ein Sternenhimmel bis zum Heiligen Abend draus werden würd.

Oben am Chorgestühl hat noch immer der Xaver gespielt, und das war schön, weil alle weniger haben reden können und ich der Musik zuhören hab können.

Hinter dem Vorhang waren zwei Stufen zum Raufgehen, und dann gleich ein Absatz, auf den eine kleine Holzbühne gestellt worden ist, da ist von der Heidi eine recht große Figur draufgestanden. Ein kniender Schäfer. Und vom Herrn Pfarrer zwei angezündete Kerzen daneben. Auf den Platz sollt die Weihnachtskrippe hin, und so nach und nach eine Figur nach der anderen. Und am Heiligen Abend sollt der Vorhang aufgemacht werden, wenn alles an seinem Platz ist. Aber ich hab mich gefragt, wie oft die Leut bis dahin an dem Vorhang herumspielen und dahinterschauen werden.

Der Wendel-Kathi ist dann fad geworden, weil keiner zu ihr gesagt hat, dass sie mitsingen kann, der Xaver fürs Plauschen zu laut gespielt hat, und es nichts mehr zum Ausrichten gegeben hat.

Und grad, wie sie aus der Kirche gegangen ist, ist jemand reingekommen, und das war ihr richtig zuwider, weil sie nicht hat umdrehen können und gleich wieder mit reinkommen, das hätt dann der Dümmste gemerkt. Es war der Herr Sektionschef, der Herr Doktor, der in der Früh mit seinem Kriminalinspektor nach Wien gefahren ist. Der hat sich, so wie es ausgeschaut hat, nicht einmal Zeit genommen, seine Stadtkleidung mit seiner Lodenjacke und der Hirschledernen zum wechseln.

Grüß Gott, hat er geflüstert und sich zu mir in die erste Reihe gesetzt. Da war der Herr Pfarrer schon in der Sakristei, die Heidi beim Zusammenpacken und die Schwiegertochter beim Familiengrab. Schlecht hat er ausgeschaut, der Herr Sektionschef, müd, und als ob ihm was auf der Seele liegen würd. Die Augen hat er zugemacht und der Musik so lange zugehört, bis der Xaver zum Spielen aufgehört, die Register von der Orgel wieder hineingeschoben und seine Noten zusammengepackt hat.

Da erst hab ich gefragt, wo der Kriminalinspektor Müller wär. Es hätt ja sein können, dass er in Wien geblieben ist, mit der Frau Lisi reden. Dabei hat er schnell nach Neiselbach zurückwollen, weil er geglaubt hat, dass sie hier ein Zimmer genommen hätt. Der Singer-Simon, der auf die beiden Herren schon im Goldenen Hirschen gewartet hat, hat aber gesagt, dass sie hier nicht wär, sonst würd er davon wissen.

Da hab ich gefragt, wie der Herr Kriminalinspektor auf die Idee kommen würd, dass seine Frau Lisi hier draußen wär.

Von zu Hause ausgezogen ist sie, hat der Herr Sektionschef gesagt, und ihm selber wär herausgerutscht, dass die Frau Lisi gestern in Neiselbach gewesen wär. Er hat aber nicht gesagt, dass sie bei mir gewesen ist, hat er mir erzählt und ein wengerl gelächelt. Aber so, wie er seinen Müller kennen würd, käm der selber auf eine solche Idee, und es könnt leicht sein, dass er dann vorbeikommen würd. Vorsichtig nachfragen, ob die Frau Lisi nicht das eine oder andere gesagt hätt, woraus man schließen könnt, wo sie hingegangen wär.

Marantana, hab ich gerufen, weil ich mich geschreckt hab, da sprichst mit jemandem über so allerlei und dann geht die hin und macht sowas, und keiner kennt sich aus. Kein Maß für die Dinge, nur alles oder nichts, hab ich zum Herrn Sektionschef gesagt, und dass ich daran hätt denken können, was für ein romantisches Gemüt die Frau Lisi doch hätt.

Sie würden sich morgen im Goldenen Hirschen mit dem Herrn Neumann treffen, hat da der Herr Sektionschef gesagt, der wär ja auch so einer mit alles oder nichts. Der Herr Würger hätt die Jagdpacht nämlich sehr wohl schon bezahlt gehabt, und das hätt sich beim letzten Treffen mit dem Herrn ganz anders angehört. Revierinspektor Singer hätt ihn heute schon herauszitieren wollen, aber es wär dann ziemlich spät geworden. Aber vielleicht sollt man die beiden überhaupt zusammenbringen, den Herrn Neumann und den Schönbacher-Bertl, das könnt einen in der Ermittlung weiterbringen, wenn die zwei wie die Kampfhähne aufeinander losgehen, vor allem der Bertl, der am lautesten schreien würd. Besser als wie das ganze Theater mit DNA und Spurensicherung und dem ganzen Brimborium, den man jetzt im Fernsehen bei jedem Krimi sehen würd, wo alles nur im Labor gelöst wird und es auf sonst nix mehr ankommt.

Da hab ich lachen müssen, und außerdem hab ich gesagt, dass der morgige Tag für die zwei dann richtig passen würd, weil da Krampus wär, heut ja die Heilige Barbara, wo man Kirschzweige ins Wasser steckt und auf ein Glück im Neuen Jahr hofft. Aber morgen, da gäb es am Abend einen Krampuslauf, da könnten die beiden dann gleich mittun. Wobei ich grad beim Schönbacher-Bertl nicht verstehen würd, wieso er sich gar so aufbudelt, der bekäm von den Jägern das meiste an Jagdpacht gezahlt, weil der größte Anteil an Hektar vom Revier sein Grund und Boden ist. Grad der Teil, wo der Herr Würger gejagt hätt, dort beim Rauberfelsen, das wär alles dem Bertl seins, das, was er vom Pfeffer-Schurl geerbt hätt.

Grad da ist die Schwiegertochter vom Friedhof reingekommen, draußen war es schon fast dunkel.

Schicken Sie mir den Herr Kriminalinspektor Müller, wenn S' wollen, hab ich da zum Herrn Sektionschef gesagt, vielleicht hilft ihm das Plaudern. Ich hab mich ja erinnern können, dass er schon einmal bei mir oben gesessen ist, da haben ihn der Sonnenuntergang und der Duft von den Sommerwiesen auf eine gute Idee gebracht, da war mit der Frau Lisi damals dann alles wieder in Ordnung.

Das würd er tun, hat der Herr Sektionschef gesagt und der Schwiegertochter auch noch einen schönen Abend gewunschen. Aber wie er rausgegangen ist, da hab ich gesehen, wie er sich mit der Rechten an die Brust gegriffen hat, als hätt er's mit dem Herzen.

26

Patrick Sandor war kaum aus dem Goldenen Hirschen gegangen und mit dem Auto zur Kirche in Siebenstein aufgebrochen, als Müller einen Anflug schlechten Gewissens verspürte.

Fiona, hatte Sandor am Ufer bei der Urania nahezu gerufen, und Müller hatte das so stehen lassen, ihn auch im Auto bei der Rückfahrt nach Neiselbach nicht nach dem Grund dieses Ausrufes gefragt. Grundlos konnte er nicht gewesen sein. Müller hatte nur an sich gedacht, und an Lisi.

Nun, Lisi war nicht in Neiselbach, das hatte Simon Singer versichert, und Müller war erleichtert gewesen. Das mutete seltsam an, aber Müller war nach dem ersten Schrecken in Wien zwar an einem Wiedersehen gelegen, nicht jedoch an einem langatmig missverständlichen Diskurs. Und ein solcher stand zu befürchten.

Jetzt, mit nötiger Muße zurückblickend, glaubte er, in Sandors Ausruf beim Donaukanal veritable Verzweiflung herauszuhören.

„Es ist mir bis dato völlig entgangen, dass Sie grimassieren, wenn Sie so gänzlich auf sich gestellt das eine oder andere reflektieren." Patrick Sandor nahm auf der Bank in der Gaststube des Wirtshauses Platz.

„Es passiert nicht leicht, dass Sie einem leidtun", grinste Müller und zupfte an seinem Schnurbart.

„Guter Gott, wenn ich jemandem leidtun würde, wäre dies unverzeihlich, mein lieber Müller", respondierte Sandor und öffnete die Speisekarte, „unschicklicher, als jemanden zu langweilen. Ein frühes Diner, was halten Sie davon?", fügte er noch hinzu.

Müller hatte gedacht, Sandor würde länger wegbleiben, da oben in der Kirche in Siebenstein. Er hob den linken Arm. Rosel kam mit einem Tablett gerade aus der Küche.

Es sei kühl gewesen und die Musik zu Ende, aber eigentlich habe ihn ganz etwas anderes zurückeilen lassen, sagte Sandor, klappte die Karte zu und blickte Müller an. Frau Lisi.

„Kein Thema", sagte Müller mit weltmännischer Nonchalance und stellte erste Bierdeckel aneinander.

„Das hätten wir also auch besprochen." Patrick Sandor fasste nach seiner linken Brusttasche. Es knisterte.

Man war mit Tafelspitz und Würstel mit Saft eben fertig geworden, als Simon Singer erschien. Er hatte am Polizeirevier nach dem Rechten gesehen, Vorkehrungen für den am nächsten Tag zu erwartenden Besuch getroffen. Otto Neumann.

„Noch einmal schau ich dem nicht zu, wie er sein rohes Faschiertes aufs Brot schmiert und einen Rotwein schlürft, da kommt sich Unsereiner ja deppert vor", regte sich Singer auf und nahm einen kräftigen Schluck Bier. Die saure Blutwurst hatte er schon bestellt.

Bei gewissen Leuten aus der Stadt müsse man ein wengerl auf den Tisch hauen, sonst kämen die sich gleich wie was Besseres vor, sagte er sodann, rückte seinen Teller zurecht, fasste nach dem Besteck und musterte Müller unverhohlen.

„Vermuteter ländlicher Idiotie muss in der Tat etwas entgegengesetzt werden", sagte Patrick Sandor und legte seine Serviette auf den Tisch.

„Alles bestens?", fragte Singer mit vollem Mund und wies mit dem Messer auf Müllers entstehendes Kartenhaus.

„Mit dem Loch in meiner Wohnzimmerwand muss was geschehen." Müller platzierte als Dach einen letzten Bierdeckel und lehnte sich zurück. „Vor Weihnachten“, präzisierte er.

„Hast du nicht gesagt, die Handwerker kommen nimmer vor Weihnachten?“, erkundigte sich Singer und nahm eine zweite Semmel.

„Die nicht, aber vielleicht andere?“, schlug Müller vor.

Es begab sich, dass Simon Singer tatsächlich zahlreiche Verwandtschaft hatte, darunter geschickte Handwerksleute.

„Willst das Loch wieder zugemauert haben?“, wollte Simon Singer noch wissen.

27

Über Nacht ist der Himmel zugezogen, und im Laternenlicht haben dicke Schneeflocken einen langsamen Walzer getanzt. Ja, so hat das ausgeschaut. Dunkel war es wie in tiefster Nacht, dabei war es schon Viertel sieben in der Früh, und unter dem Schuhwerk hat der Schnee fest geknirscht, in der Nacht ist es hübsch kalt geworden. Gut war es, dass der Sohn mich mit dem Wagen bis rauf zum schmiedeeisernen Friedhofstor gebracht hat, mit den Krankenkassenschuhen wär ich nicht bis hinaufgekommen, auch nicht mit meinem Stock, so rutschig, wie es war. Der Gemeindediener hat noch nicht geräumt und gestreut gehabt, auch nicht zwischen den Gräbern am Weg zur Kirchentür. Da waren nur Fußspuren im Schnee, und die waren vom Xaver, dem neuen Organisten. Das wird einen Ärger geben, hab ich mir gedacht, weil draußen beim Friedhofseingang die Lampe am rechten Pfeiler auch nicht mehr gebrannt hat und der Gemeindediener sich um das alles doch hätt kümmern müssen. Vielleicht hat er ja verschlafen gehabt, hab ich mir überlegt, so früh, wie er an dem Donnerstag schon unterwegs hätt sein müssen.

Um fünf Uhr sind wir an dem Tag schon aufgestanden, weil der Sohn und ich zur Roratemesse haben gehen wollen, die Schwiegertochter ja nicht. Ich mag die Muttergottesmessen im Advent, da wird in der ganzen Kirche kein elektrisches Licht angedreht, aber ein jeder hält eine brennende Kerze in der Hand. Nur oben bei der Orgel brennt eine kleine Lampe, damit der Organist seine Noten lesen kann, und noch eine brennt bei seinen Füßen, damit er die Pedale sehen kann, auf die er treten muss.

Bei der Tür bin ich stehen geblieben und hab hinaus auf den Friedhof geschaut. Drinnen in der Kirche war es ganz dunkel, weil noch keiner da war, nur oben beim Xaver auf der Orgel war ein Lichtschein. Wie kleine Bergkristalle hat der Schnee bei den Friedhofslaternen gefunkelt, im Pfarrhaus hat Licht gebrannt, der junge Pfarrer war noch zu Hause, und der Xaver, der hat leise ein wengerl „Tauet, Himmel von oben" geübt, weil er noch nie eine Rorate gespielt hat. Dieses Mal hat ihn unser alter Organist drankommen lassen, weil der vom Frühaufstehen noch nie was gehalten hat.

Viele sind nicht gekommen, den meisten war es halt doch zu früh, vielleicht auch ein wengerl zu viel Schnee auf der Straßen, und überhaupt zu kalt, weil es einem in der Früh in der Kirche noch kälter vorkommt als wie draußen vor der Tür. Aber die Wendel-Kathi, die hat sich das nicht entgehen lassen, dass sie wieder einmal vorsingen kann. Vielleicht ist sie aber auch noch wegen dem Frühstück gekommen, weil es nach der Rorate oben am Pfarrboden immer ein Frühstück gibt, einen Kaffee oder einen Tee und einen Kuchen oder einen Striezel. Wer noch gekommen ist, das war der Schönbacher-Bertl, schon fesch herausgeputzt um die Uhrzeit und hübsch parfümiert. Ich hab das bis zu meinem Platz riechen können. Der muss um vier Uhr in der Früh in der Badewanne gelegen sein, hab ich mir gedacht, und dass er vielleicht wegen dem Xaver gekommen ist, weil der Bertl was von Musi versteht. Der hat ja seit Jahren den Chor geleitet und am Sonntag, am zweiten Advent, hat es am Nachmittag eine Aufführung geben sollen, das ist mir da erst wieder eingefallen. Das hat seinem Bruder, dem Luis, auch nicht gepasst, das mit der Musi, dabei hätt ihn keiner aufgehalten, wenn er sich bei der Musi mehr eingesetzt hätt. Als ein Junger hat er ja gut Trompete spielen können, aber wie mit allem, was er angefangen und dann nicht weitergetan hat, hat er es auch damit gehalten. Aber schiach auf den Bruder, den Bertl, war er natürlich schon. Schon bevor der vom Pfeiffer-Schurl den Grund geerbt gehabt hat. Das wird noch was geben, wenn der Luis was von den Kindern in Reichenau erfährt, hab ich mir auch noch gedacht.

Richtig zugehört hab ich der Predigt in der Früh dann auch nicht, weil mir der Tote nicht aus dem Kopf gegangen ist, der Franz Würger. Ich hab mich nämlich an keinen Toten erinnern können, der hier in Neiselbach gestorben und dann nicht zu Grabe getragen worden wär. Als wär etwas nicht zu Ende gebracht worden, so ist mir das vorgekommen. Und dass das jemand aus Neiselbach gewesen sein muss, der ihn umgebracht hat, hab ich mir gedacht, weil ein Fremder sich mit dem Auto bei so einem Schnee gar nicht rauftraut beim Rauberfelsen, weil man gar nicht glauben würd, dass da oben am Grat noch eine Straße langlauft.

Und an die Kamera im Wald hab ich denken müssen, und was das für Fotos gewesen sein müssen, dass man im Wald herumkrallt und diese Karten stiehlt. Also, bei aller Liebe, aber wegen einem Bild von einem kapitalen Hirschen hätt sich nicht einmal ein Jäger sowas angetan. Das hat schon was Heikleres sein müssen. Und wenn es kein Wild war, was da fotografiert worden ist, dann muss es halt ein Mensch gewesen sein, von dem die Kamera ein Bild gemacht hat und dem das nicht gepasst hat. Und ob das wirklich der Grund war, wieso der Franz Würger so viel Geld bekommen hat, das hätt mich interessiert. Und überlegt hab ich wieder, dass es sicher eine gute Idee wär, zu den Hausleitner-Leuten zu fahren und die zu fragen, wer denn dort ein- und ausgefahren wär. Ich war froh, dass ich das dem Herr Sektionschef gesagt gehabt hab und neugierig war ich, ob dabei was rauskommen würd.

Die Frau Lisi, die ist mir dann auch noch eingefallen, ihre Barbarazweigerl, und ob die bis zu Weihnachten noch blühen würden, und wie das mit ihr und dem Kriminalinspektor Müller weitergehen würd, und mit dem Herrn Sektionschef seine Herzschmerzen, so wie er sich am Vortag an die Brust gegriffen gehabt hat.

Eine richtige Mischkulanz hab ich im Kopf gehabt. Am liebsten wär ich in der Kirche noch eine Weile sitzen geblieben und hätt in aller Ruhe über alles nachgedacht, aber dem Sohn war es schon kalt, der wollt hinauf auf den Pfarrboden, was Warmes trinken. Und eigentlich wär ich eh nicht weitergekommen, ich hätt die ganzen Gedanken nur im Kopf hin- und hergewälzt.

Und wie ich dann oben am Pfarrboden war und mir die Mizzi einen Kaffee und einen gebutterten Striezel hingestellt hat, da ist die Binder-Hermi, die gar nicht in der Kirche gewesen ist, dahergekommen, weil sie einen Gusto aufs Frühstück gehabt hat. Ihren Waldi hat sie am Arm getragen, den hat sie nur kurz auf den Boden lassen, damit sie sich den Mantel ausziehen kann, dann hat sie ihn gleich wieder hochgehoben und auf die Schnauze gebusselt.

Weihnachten ist wirklich ein Fest für die Kinder, hat da die Wendel-Kathi gesagt.

Da hab ich erst den Kaffee hinunterschlucken müssen.

Weißt, hab ich zur Wendel-Kathi gesagt, wer sagt, dass Weihnachten ein Fest für die Kinder ist, der hat vom Christfest aber schon rein gar nichts verstanden.

28

„Eine Posse“, sagte Patrick Sandor, zog die Augenbrauen hoch und öffnete einen Knopf seines Lodenrocks.

Man war in Revierinspektor Singers wohlgeordnetem Büro zusammengekommen. Müller und Sandor um einiges früher als Otto Neumann, man hatte noch kurz beraten, wie man vorzugehen beabsichtigte.

Es war ohne Zweifel die richtige Entscheidung gewesen, Herrn Neumann hierher zu zitieren. Simon Singer in akkurat gebügeltem Uniformhemd Schreibzeug und Aktendeckel auf seinem Schreibtisch zurechtrücken zu sehen, ließ einen an seiner Kompetenz nicht mehr zweifeln. Kein Vergleich zur trügerisch-amikalen Stimmung einer Gaststube, wo Singer munter ein Schwätzchen mit Rosel gehalten hatte. Patrick Sandor allerdings war in ländlicher Garderobe erschienen, Lodenrock und Hut und Großvaters Lederne. Doch bei Sektionschef Doktor Patrick Sandor kam kaum jemals das Gefühl eines *entre nous* auf.

Herr Otto Neumann hatte sich am Vortag ein wenig bitten lassen. Am Handy war er nicht zu erreichen gewesen, am Festnetzanschluss seines Büros hatte ein junges Fräulein abgehoben, das atemlos unverständliche Sätze haspelte. Der letzte lautete, womit Sie helfen könne. Diesen Satz hatte Simon Singer endlich verstanden. Seinen Wunsch, Herrn Neumann an den Apparat zu bekommen, konnte sie allerdings nicht erfüllen. Erst die Androhung, ihn vorführen zu lassen, bewirkte solches. Er wisse nicht, wann er sein *office* verlassen könne, hatte Neumann wissen lassen, seinen *time-planer* müsse er zuerst konsultieren, womöglich stand ein *meeting* mit Kunden an. Revierinspektor Singer hatte dem ein Ende gesetzt, empfindliche Konsequenzen in den Raum gestellt, in Details hatte er sich nicht verloren. Da hatte Neumann sein Kommen für zehn Uhr zugesagt.

Otto Neumann kam ein wenig zu spät. Um zehn nach zehn. Mit seiner Rechenmaschine und einem dicken Ordner. Das Wohlwollen der Anwesenden hatte bereits gelitten. Nicht, dass eine Vernehmung von Wohlwollen und Entgegenkommen abhängig ist, aber für ein gedeihliches Miteinander wäre es förderlich gewesen.

Auf eine friedliche Einleitung verzichtete man, konfrontierte Herrn Neumann, ohne Kaffee oder Wasser anzubieten, mit der ersten gravierenden Anschuldigung. Dass man bei den Unterlagen des verstorbenen Herrn Franz Würger einen Auszahlungsbeleg gefunden habe und eine Barabhebung am Kontoauszug in der entsprechenden Höhe, die die Bezahlung der Jagdpacht für das kommende Jahr belegen würden.

„*Surely*?", fragte Otto Neumann und zog ein unbeteiligtes Gesicht. „Das ist mir momentan nicht erinnerlich."

„Eine Posse." Patrick Sandor zog die Augenbrauen hoch.

„Na, Moment einmal!", begann Herr Neumann, sich zu echauffieren.

Doch Simon Singer ließ ihm keine Zeit.

Recherchen hätten weiters ergeben, dass Herr Franz Würger in Neiselbach mit kaum jemandem bekannt gewesen sei. Was sei also naheliegender als anzunehmen, dass der Tote in der Tat im Revier mit Herrn Neumann einen Tee mit Rum getrunken hatte?

„Voll mit Schlaftabletten", fügte Singer hinzu.

Außerdem hätten die Recherchen ergeben, dass Herr Franz Würger durchaus entspannt gewesen sei, zumindest im ganzen letzten Jahr, wohingegen Otto Neumann, der noch immer keinen Hirsch erlegt hatte, der Gehetzte gewesen war und vielleicht gerne eine Fütterung gehabt hätte, doch Würger hatte sich quergelegt.

„Sie wären nicht der Erste, der bei einer Fütterung einen Hirschen schießt", sagte Simon Singer und klopfte mit seinem Kugelschreiber auf einen Aktendeckel.

Aber vielleicht habe Otto Neumann doch lieber keine Fütterung gehabt, füttern koste Geld, das war hinlänglich bekannt, und wie es schien, habe er ein eminentes Liquiditätsproblem. Im Lagerhaus habe er anschreiben lassen, führte Singer aus und stützte sich mit verschränkten Armen auf seinen Schreibtisch.

„Kann ich einen Kaffee bekommen, *by the way*", fragte Otto Neumann und schlug die Beine übereinander.

Der junge Leutnant, der die Kaffeemaschine bedienen könne, habe heute seinen freien Tag, bedauerte Revierinspektor Singer.

Ich werde mich beschweren, alterierte sich Herr Neumann.

„Echt?", fragte Kriminalinspektor Müller und zupfte an seinem Schnurbart. „Einen Anwalt können Sie haben, aber keinen Kaffee."

„Viel ist Ihnen nicht erinnerlich", Sektionschef Sandor fasste kurz an seinen Krawattenknoten, „Herr Würger hat sie nicht zufällig erpresst, so *en passant*?"

29

Revierinspektor Simon Singer ließ Herrn Otto Neumann laufen, wie man zu sagen pflegt. Mit dem barschen Hinweis, dass damit keineswegs alles erledigt sei. An seine Unschuld glaubte er kaum, doch Singer konnte sich nur allzu gut an das schmähliche Gefühl erinnern, zu Unrecht einen Unschuldigen verhaftet zu haben. Bei dieser ihm dürftig scheinenden Beweislast fehlte ihm schlicht der Mut.

„Aufgeschoben ist nicht aufgehoben", murmelte Kriminalinspektor Müller und zupfte an seinem Schnurbart.

Und Sektionschef Sandor schlug einen kleinen Ausflug vor. Zurück zum Revier, das Ehepaar Hausleitner befragen, das in dem letzten bewohnten Haus gleich an der Forststraße am Waldrand lebte.

Leute, denen nichts entgehe, so habe man ihm berichtet, sagte er zu Müller. Niemand könne dort unbemerkt vorübergehen, geschweige denn fahren. Und in der Tat könne er selbst sich erinnern, dass jemand hinter dem Vorhang am Fenster gestanden sei, als man auf der Suche nach den Kameras dort vorbeigekommen war.

„Apropos Vorhang", sagte Müller, als er am Beifahrersitz von Simon Singers Dienstauto Platz nahm, „das Loch in meiner Wohnzimmerwand hätt ich nicht gerne zugemauert, da hätt ich lieber eine Tür."

Hausleitners waren entzückt. Sie hatten sich nicht träumen lassen, eines Tages im Rahmen eines Mordfalles befragt zu werden, womöglich Beachtliches zur Klärung beitragen zu können. Doch leider hatten sie nichts Neues zu berichten. Nichts, das nicht schon bekannt gewesen wäre. Herr Franz Würger war hier in seinem Auto an besagtem Tag vorübergefahren, ebenso Bertl Schönbacher, wie schon ungezählte Male davor.

Der Jäger und der Grundeigentümer.

30

Den Freitagmorgen beging Tante Adele mit Muße. Sie hatte im Bett in der *Presse* des Vortages geblättert, ein warmes Bad genommen, sich Zeit gelassen bei der Wahl ihrer Seidenbluse. Ein Kirchgang stand nicht an, und Nora würde sicherlich nicht im Frühstückszimmer auf sie warten, davon war Tante Adele überzeugt. Kein Grund zur Eile also. Nora mit ihrem Hang zu Küchenpersonal würde man im trauten Geschwätz mit der Köchin in der Küche wiederfinden und ihren Neffen Hanno sonstwo. Es war nicht von Belang. Von Belang waren Rechauds mit gebratenem Speck, Champignons, Tomaten und Rührei, ein Toaster und eine Kanne Tee. Darjeeling. Den überaus parfümierten Earl Grey trank heutzutage doch schon jedermann. Sie hatte Hanno unmissverständlich zu verstehen gegeben, dass sie weiche Eier zum Frühstück weiterhin nicht dulde. Repressalien, die dann folgen sollten, hatte sie zwar nicht näher erläutert, aber es war davon auszugehen, dass sie gehört worden war.

Tante Adele warf einen letzten Blick aus dem Fenster, nachdem sie ihre Perlenbrosche am Revers ihres Tweedkostüms angesteckt hatte, verließ das Zimmer und schlenderte die Treppe hinab. Ein Segen, dass weder Verwandtschaft noch Jagdgäste zugegen waren, schließlich kam sie nicht nach Fürchtenbert, um Leute zu unterhalten. Und was ihr Amüsement betraf, so war Schloss Fürchtenbert der letzte Ort, den aufzusuchen ihr einfallen würde. Hierher kam sie der Verpflegung wegen, und diese hatte bisher zu wünschen übrig gelassen.

Was Tante Adele im Frühstückszimmer vorfand, ließ sie nahezu an ihrem Verstand zweifeln, und dies war keine Kleinigkeit. Auf der Anrichte stand nichts, keine Rechauds, auch keine Kanne Tee, am Esstisch war kein Gedeck aufgelegt, von einer Zeitung keine Spur.

Das eilige Staccato ihrer Absätze auf dem Steinboden am Weg durch die Diele in die Küche klang gereizt, nur nützte es nichts. Es war niemand da, weder Nora noch die Köchin, und überdies war nichts gerichtet, nichts, was man als Frühstück bezeichnen konnte, auch wenn Tante Adele nicht gewillt gewesen wäre, in diesem Raum überhaupt etwas zu sich zu nehmen. In diese Verlegenheit kam sie jedoch gar nicht. Wenig fehlte, und sie hätte die Küchentüre beim Verlassen des Raumes geräuschvoll ins Schloss fallen lassen. Gut, es war deutlich nach zehn Uhr. Die Speisen hätte man dennoch warm halten können, doch mittlerweile hegte Tante Adele den Verdacht, dass solche gar nicht erst vorbereitet worden waren.

Es galt, Hanno zu finden, dieses Betragen lechzte nach einer Entschuldigung, zumindest einer Erklärung.

Im Abstellraum des Wirtschaftstraktes fand sie ihn. Den linken Arm in einem schwarzen Stiefel, rieb er mit der rechten Hand mit einem Lappen in der Schuhcremedose.

„Du liebe Güte, Hanno“, schnarrte Tante Adele, „die Demokratie läuft auf Schloss Fürchtenbert Amok! Kein Frühstück, keine Zeitung! Wo ist die Köchin?“

„Dieses Jahr ziehe ich keine Haferlschuhe an, daran haben sie mich letztes Jahr erkannt“, sagte Hanno und cremte sorgfältig seinen Stiefel ein.

„Ich sagte: Frühstück! Dein Schuhwerk ist doch wohl kaum von Interesse!“, verkündete Tante Adele und zog ein schmales Gesicht.

Natürlich sei das Schuhwerk von Interesse, letztes Jahr hätten die Kinder ihn gerade daran erkannt, an seinen Haferlschuhen eben, entgegnete Hanno, legte den Lappen weg und nahm eine schwarze Bürste. Es sei mehr als peinlich gewesen.

„Was für Kinder?", fragte Tante Adele entgeistert.

„Alle Kinder", entgegnete Hanno, spuckte kurz auf den Stiefel und bürstete mit großen Strichen weiter, „die aus dem Kindergarten, aus der Pfarrei, aus dem Ort, aus dem Nebenort. Alle Kinder."

„Was ist das?" Tante Adele hob die Augenbrauen.

„Nikolo." Hanno blickte kurz auf. „Heute ist Krampustag, und ich, ich bin der Nikolo."

„Bist du gaga?", fragte Tante Adele eisig. „Ich spreche von deinem abominablen Gespucke!"

„Wasserspiegel", sagte Hanno, „es geht nichts über Spucke für glänzende Schuhe."

Es sei durchaus anzudenken, verkündete Tante Adele und hob das Kinn, in Hinkunft erst nach dem sechsten Dezember nach Fürchtenbert zu kommen.

31

Eigentlich hab ich gar nicht hingehen wollen, so wie ich die letzten Male nicht hingegangen bin, weil es ein paar Jahre lang ein wengerl wilder zugegangen ist beim Krampuslauf in Siebenstein. Vier junge Burschen verkleiden sich als Krampus und begleiten den Nikolo, damit die schlimmen Kinder was zum Fürchten haben. Das hat man sich früher einmal so gedacht, aber davon ist heut keine Rede mehr. Heut fragt man sich schon, ob man überhaupt einen Nikolo zu den Kindern schicken soll, wo doch der immer nur Geschenke gebracht hat und was Nettes zu sagen gehabt hat, weil die Kinder von heute sich vielleicht trotzdem schrecken könnten und das wär nichts Pädagogisches.

Früher einmal war das was ganz was anderes hier in Neiselbach, hat mir die Großmutter erzählt. Wenn da zwei Familien einen Streit miteinander gehabt haben, dann ist am Krampustag ein Mann von der einen Familie mit einer Butte am Rücken ausgezogen und hat geschaut, ob er ein Kind von der anderen Familie erwischt. Das hat er in die Butte am Rücken gesteckt und ist damit fortgelaufen. No, irgendwann hat er es schon wieder loslassen, aber wie es dem Kind dabei gegangen ist, das will man sich gar nicht vorstellen. Auf alten Postkarten, da kann man das noch sehen, wie die Kinder am Rücken von so einem Krampus in der Butte stecken.

Dieses Mal hab ich gehört, dass sich der Herr Hanno wieder als Nikolo verkleiden wird, da hab ich mir gedacht, dass das nett werden könnt. Im letzten Jahr sind die Kinder ja draufgekommen, dass er das ist, der da hinter dem weißen Bart steckt, weil er keine Stiefel angehabt hat, sondern seine Haferlschuh. Ihm hat das damals leidgetan, weil er sich gedacht hat, dass es keine Überraschung mehr ist, aber den Kindern hat es trotzdem Spaß gemacht. Und die Krampusse, die er dabei hat, sind auch ganz ruhige, da schlagt keiner von denen mit der Rute in die Menschenmenge. Aber aufpassen muss man trotzdem, weil die jungen Burschen aus dem Publikum schon oft probieren, ob sie einen Krampus nicht ein wengerl sekkieren können, und die finden leicht kein End mit sowas. Wenn dann ein Krampus zurückschlagt, wundert es einen nicht. Es sind ja alles junge Leut, da kocht ein Häferl leicht über.

Dann sind also der Sohn, die Schwiegertochter und ich nach Siebenstein hinaufgefahren, wie es zum dämmern angefangen hat. Ein wengerl bin ich noch im Auto sitzen geblieben. So hab ich durch die Scheibe sehen können, wer aller gekommen ist, und ich hab mir gedacht, dass das lange Stehen am Schnee mir vielleicht zu viel werden würd. Der Alois ist schon vorne in der Reihe gestanden mit seinem alten Jagdhut, und gleich neben ihm der Schönbacher-Bertl, fesch herausgeputzt mit einer neuen Lodenjacke und einem bunten Halstuch, aber die Frau aus Reichenau mit den roten Haaren und den zwei Kindern, die hab ich nicht gesehen. Vielleicht hat sie nicht wollen, dass ihre Kinder bei sowas dabei sind, heutzutage denkt man schon mehr daran, ob einem Kind etwas schadet oder nicht. Auch wenn ich manchmal find, dass man es jetzt übertreibt, so wie mit dem Nikolo halt. Die Binder-Hermi, die hab ich nirgends gesehen, und da hab ich fast lachen müssen, weil ich mir gedacht hab, dass die vielleicht wirklich wegen ihrem Waldi nicht gekommen ist, weil dem der Lärm zu viel gewesen wär. Viele aus Neiselbach sind gekommen, und das hat sicher auch was damit zum tun gehabt, dass der Krampustag auf einen Freitag gefallen ist.

Und dann ist der Sohn mich holen gekommen, weil man das Kettenrasseln und die Kuhglocken von den Krampussen die Straße rauf schon lärmen hat hören. Ganz vorn ist der Herr Hanno gegangen mit der Mitra und dem Bischofsstab. An seiner Seite war ein Mäderl, als Engel verkleidet, und hinter ihm, da sind vier zottelige Felltiere mit großen Masken auf der Straße herumgesprungen, haben mit den Ketten gerasselt und mit den Ruten auf den Boden geschlagen. Das waren die Krampusse, die in der Mitte von der Straße raufgezogen und den Zuschauern gar nicht erst in die Nähe gegangen sind. Und trotzdem hat man es spüren können, dass einige nervös geworden sind, wie die Gruppe näher gekommen ist. Wenn sich ein Mensch als Kind vorm Krampus gefürchtet und damals, vor all den Jahren, ein paar Schläge abbekommen hat, legt er das nicht mehr ganz ab, egal wie alt er wird. Dann war es aber auch schon wieder vorbei, und nichts ist passiert.

Und ich hab mir gedacht, dass ich gleich in der Kirche bleiben könnt, weil in einer halben Stund die Betstunde begonnen hätt. Da treffe ich mich einmal in der Woche mit sieben Frauen, mehr sind es im Moment ja nicht, und wir beten den Rosenkranz und denken an die lieben Toten. Mannsbilder würden das nie machen, die müssen immer das Gefühl haben, dass sie der Welt einen Haxen ausreißen, dabei würde es dem einen oder anderen ganz guttun, weil es hilft, den Blick auf das Leben nicht zu verlieren. Manchmal muss ich ein wengerl schmunzeln, wenn ich von den neumodischen Wegen hör, vom Sich-selber-Finden und vom Meditieren, wie sie das jetzt nennen. Auf

Seminare fahren die Leut und ins Kloster setzen sie sich über ein Wochenende oder auch länger. Dabei haben wir das alles schon seit langem, man muss nur die Augen aufmachen und genau hinschauen.

Auf einmal ist die Frau aus Reichenau mit den roten Haaren und ihren zwei Kindern neben dem Schönbacher-Bertl gestanden. Beim Kirchenwirt muss sie gewesen sein, vielleicht hat sie gewartet, bis der Pass vorbeigezogen ist. Und drüben bei der Kirche hab ich jetzt auch den Luis gesehen, dem Bertl seinen Bruder, nur dahergekommen ist er nicht, aber zwider dreingeschaut hat er, wie immer, wenn er seinen Bruder sieht, das ist nichts Neues. Da hab ich mich gefragt, ob der Luis schon gewusst hat, wie die Frau zum Bruder gehört.

Ich schmeiß eine Runde beim Goldenen Hirschen, hat da der Schönbacher-Bertl gerufen. Und der Kruger-Willi hat sich laut gewundert, weil das im ganzen letzten Jahr nicht passiert ist, dass der Bertl wen eingeladen hätt. Aber gefreut hat er sich doch.

Da hat der Sohn gesagt, dass es ihm eigentlich lieber wär, wenn ich nicht mehr in die Betstunde gehen würd an dem Abend, weil er bei dem Schnee nicht noch einmal nach Siebenstein rauffahren möcht. Der Teufel schläft nicht, hat er gesagt, und ich hab lachen müssen, weil Betstund und Teufel nicht zusammengehen. Aber eigentlich war es mir dann ganz recht, weil mir die Gerti gesagt hat, dass zum Rosenkranzbeten nur noch ein Frauenzimmer kommen würd, die anderen hätten mit der Weihnachtsbäckerei zu gar nichts anderem mehr Zeit.

Und Nachdenken hab ich doch wirklich auch zu Hause können.

32

In der Gaststube im Goldenen Hirschen hatte man am Freitagabend nicht alle Lichter angedreht, Gäste waren bei dem Schneetreiben nicht zu erwarten, nur der eine oder andere würde vielleicht nach dem Krampuslauf noch vorbeischauen, auf ein Achterl Weißwein oder zwei. Die Lampen über der Schank brannten, so manche Ecke aber lag im Halbdunkel.

An einem Tisch in solch einer Ecke saßen nun Patrick Sandor und Müller. Sandor hatte dort schon Platz genommen, bevor Müller aus seinem Zimmer im Oberstock wieder heruntergekommen war. Die festen Schuhe hatte Müller ausgezogen und seine Daunenjacke abgelegt. Fast hätte man meinen können, Sandor wäre eingeschlafen, so regungslos wie er da saß, doch Müller kannte seinen Chef besser. Die Causa setzte ihm zu, wie jedes Mal, wenn man bei simpel wirkenden Dingen nicht weiterkam. Immerhin ging es nicht um Drogen oder Spionage, auch nicht um Rotlichtmilieu oder Menschenhandel. Ein langweiliger Staubsaugervertreter aus Wien, der hierher zur Jagd kam, war über einen Felsen hinuntergestoßen worden. Interessant daran waren die lukrativen Nebeneinkünfte, der mit Steinen vollgepackte Rucksack und das verschwundene Gewehr. Exorbitant war das nicht. Und die leeren Wildkameras waren lediglich ein vager Fingerzeig, dass im Wald mutmaßlich etwas aufgenommen worden war, das man nicht sehen sollte.

„Vielleicht hat der Franz Würger die Karten selbst aus den Kameras genommen, wir zerbrechen uns für nichts den Kopf, und die Kameras sind ganz wurst“, sagte Müller nach längerem Schweigen und nahm den Bierdeckelstoß in die Hand.

„Im Westen nichts Neues“, murmelte Patrick Sandor und fasste kurz an seine Brusttasche. Es knisterte leise.

„Liegt das Jagdrevier nicht im Süden?“, fragte Müller und hob die rechte Hand. Rosel schaute gerade aus der Küche in der Gaststube vorbei, solches durfte man nicht ungenutzt vorbeiziehen lassen.

Ein Bier und Würstel mit Gulaschsaft, das schien ihm das Richtige. Verwunderlich, wie durstig einen die Kälte machte.

„Haben Sie von Frau Lisi etwas gehört?“ Geistesabwesend blätterte Sandor in der Speisekarte.

„Seit unserem Ausflug nach Wien gefallen Sie mir nicht mehr“, sagte Müller und errichtete ein neues Bierdeckelhaus.

„Dass ich Ihnen überhaupt jemals gefallen habe, ist schon stupend.“ Sandor lächelte.

Was für eine Laus ihm über die Leber gelaufen sei, das würde ihn interessieren, insistierte Müller, denn bei der Fahrt nach Wien hinein sei noch alles in Ordnung gewesen. „Bevor Sie in Ihre Wohnung gefahren sind, nach Ihrer Post schauen, da war noch alles bestens“, beharrte er. „Sie werden doch nicht einen Brief bekommen haben, der Ihnen das Herz gebrochen hat?“, fügte er geradezu hellseherisch hinzu und hielt im Bierdeckelhausbauen inne.

„Guter Gott, Müller“, Patrick Sandor verzog schmerzlich das Gesicht, „ein literarischer Gemeinplatz aus Ihrem Munde!“

33

Vor meinem Küchenfenster, da steht das Vogelhäusl. Besser könnt es gar nicht stehen, weil ich von meinem Sitzplatz aus sehen kann, was alles angeflogen kommt. Das ist mein Lieblingsplatz vom ganzen Haus. Immer, wenn ich mich ausruhen möcht beim Kochen, aber auch wenn ich was zum Flicken oder Knöpfe zum Annähen hab oder wenn ich die Bauernzeitung studier, setz ich mich dorthin. Und das Fernglasl, das hab ich da auch immer mit dabei. Schon in der Früh hab ich das Vogelhäusl angefüllt gehabt mit einem Mischfutter, das man im Lagerhaus bekommt. Drunten am Schnee hab ich nur Sonnenblumenkerne gestreut, weil ich gewusst hab, dass am Nachmittag die Rehe wieder vorbeischauen werden, und die fressen das lieber als wie das andere Futter. Seit Schnee liegt, kommt um drei Uhr herum eine Geiß mit ihrem Bockkitz vorbei, und ein Jahrling ist in dem Jahr auch noch mit dabei. Stundenlang könnt ich denen zuschauen, da lass ich den Wolfi dann auch nicht hinaus. Nicht weil er ihnen was tun würd, aber anbellen tut er sie, und wenn sie sich dann schrecken und die Schneewiesen hinunterhetzen, ist das nicht gut. Die brauchen im Winter ihre ganze Kraft, weil es wenig zu fressen gibt. Solchene Spompanadeln mit einem Hund sind dann nichts.

Den Vögeln schau ich auch gern zu, da merkt man erst, wie viele verschiedene Singvögel bei uns leben, nicht nur Amseln, auch Stieglitze und Grünlinge. Nur bei den Eichelhähern klopf ich ans Fenster und scheuch sie weg, wenn die sich aufs Häusel setzen, weil sich die andern Vögel dann nicht mehr hertrauen, so groß und fett wie die Eichelhäher sind.

Gleich nach dem Mittagessen am Samstag ist der Sohn mit der Schneefräse draußen herumgefahren, weil wir am Abend zum Adventmarkt haben gehen wollen und man mit der Schneeschaufel nicht mehr auf gleich gekommen ist, so schwer wie er war, der Schnee. Große, nasse Flocken hat der Wind den ganzen Vormittag herumgewirbelt gehabt, da hat man zuschauen können, wie viel von Stund zu Stund liegen geblieben ist.

Mit einem Kaffee hab ich mich auf meinen Platz gesetzt, weil schon alles weggeräumt gewesen ist und die Schwiegertochter noch in den Stall hat schauen wollen.

Die ganze Geschichte ist mir im Kopf herumgegangen, und ich hab mich erinnern können, dass ich einmal gesagt gehabt hab, dass es hier bei uns in Neiselbach ganz ruhig ist und eigentlich nie was passiert. Dabei stimmt das nicht. Wo Leut zusammenkommen, ist immer was los. Das war schon immer so, und das wird auch so bleiben, weil der Mensch nix dazulernt, so wie es ausschaut. Da brauchst ja nur den Fernseher andrehen und sehen, wie es zugeht in der Welt, schon in unserem kleinen Niederösterreich passieren dauernd zwidere Sachen und in Neiselbach ist das nicht viel anders.

Um Menschen geht es, hab ich mir gedacht, weil es immer um Menschen geht. Darum gefallen mir Krimis im Fernsehen nicht so gut, schon gar nicht die amerikanischen, weil da immer die Rede ist von Labor und Spuren und DNA und was weiß ich was noch. Nur bei den englischen Krimis ist das ein wengerl anders.

Da waren zwei Menschen, die ich praktisch gar nicht gekannt hab, der Herr Neumann und der Herr Würger, der Verstorbene. Nicht so, wie ich die Leut aus Neiselbach kenne, aber das ist nicht zum Wundern, weil wir alle ein wengerl miteinander verwandt sind. Aber wenn einer ein Komischer ist, dann braucht man ihn nicht so gut zu kennen wie die eigenen Leut, da weiß man trotzdem, dass er ein Komischer ist.

Der eine von den beiden Jägern, das war halt ein Obergescheiter, einer, der das Gras wachsen hört, hätt die Großmutter gesagt, der Herr Neumann mit seinem dicken Ordner und seiner Rechenmaschine, die er sogar in den Goldenen Hirschen mitgenommen hat.

Und der andere, der Herr Würger, das war ein Geiziger, der das Wild nicht einmal hat füttern wollen, und ein Gieriger, der jemanden erpresst hat. Aber dazu muss er was zum Herzeigen gehabt haben, Fotos zum Beispiel, weil sich jemand nicht einfach so erpressen lasst, nur weil der Herr Würger was behauptet, was er nicht beweisen kann. Und da wären wir wieder bei den Wildkameras angekommen.

Da hab ich ans Fenster klopfen müssen, weil drei Eichelhäher am Vogelhäusl gesessen sind.

Ich hab das Gefühl gehabt, dass ich in einer Hand das Ende von einem Faden halt, wie bei einem gestrickten Pullover, und wenn man dran anzieht, dann löst sich alles auf.

Wer hat was zum verlieren, oder wer glaubt, dass er was zum verlieren hat, das hab ich mich gefragt. Und dass man nicht alles glauben muss, was einem so erzählt wird, hab ich mir auch gedacht. Es ist, wie es ist, im Leben, da braucht man nur genau hinschauen und nicht ums Eck herum denken.

Auf das Offensichtliche, auf das kommt es an.

34

Nicht dass Tante Adele für Adventmärkte jemals viel übrig gehabt hätte, aber die Kulinarik auf Schloss Fürchtenbert ließ in diesem Jahr tatsächlich zu wünschen übrig. Plateaus mit Keksen und mit Confiserie gefüllte Schalen hatte sie im Salon an keinem einzigen Abend vorgefunden, und wenn Weihnachten auch noch in relativer Ferne lag, so hatte sie solches doch in der Tat erwartet. Danach gefragt oder gar gebeten hatte sie nicht, weder die Köchin noch Nora. Ihren Neffen Hanno schon gar nicht. Sein Schuhputzer-Auftritt war ihr in unangenehmer Erinnerung, und dass sie an diesem Tag selbst für ihren Frühstückstee hatte sorgen müssen, war an Impertinenz wahrlich nicht zu überbieten. Mehr als eine Tasse Tee hatte sie an diesem Morgen weder hergerichtet noch zu sich genommen. Es war ihr doch tatsächlich der Appetit vergangen.

Nun würde sie für ihr persönliches Keks-Kontingent sorgen, es in ihrem Zimmer verstecken, das war beschlossen, und ländliche Adventmärkte waren hierfür genau das Richtige. Es wurde mit Butter gebacken, darauf legte Tante Adele entschieden Wert, wenngleich es ihr lieber gewesen wäre, einzelne Sorten wie Vanillekipferl oder Florentiner erstehen zu können, nicht einen ganzen Teller Gemischtes.

Einen prachtvollen Silberfuchs, der sich in den Schwanz biss, um den Hals geschlungen, schob Tante Adele den Vorhang ein wenig zur Seite, man hatte vor ihren Fenstern ein Auto gestartet. Hanno fuhr mit seinem Geländewagen die Auffahrt hinab.

Tante Adele schnalzte mit der Zunge, klopfte zwei-, dreimal mit dem rechten Zeigefinger auf die Lippen.

Es stand zu hoffen, dass Hanno Graf Fürchtenbert am Adventmarkt nicht schon wieder den Nikolo gab.

35

Der Wind hat nachgelassen, wie es Abend geworden ist, und das war gut für den Besuch am Adventmarkt. So eng kann man die Standln gar nicht zusammenstellen, dass nicht der Wind durchpfeift, da kommt einem gleich alles noch viel kälter vor, da hilft nicht einmal ein Punsch.

Alles hat man hier kaufen können, was man für die ganze Adventzeit braucht, auch noch ein paar späte Adventkränze, es gibt immer wieder Leut, die darauf vergessen, aber auch Weihnachtsbaumkugeln und Wildwürste und selbstgemachte Kekse von verschiedenen Vereinen. Aber die waren für die gute Sache, nicht weil man die Kekse zum Essen gebraucht hätt. Da hat man Essen auf Rädern unterstützen können oder auch das Hilfswerk.

Es war schon ein ganz schönes Gedränge, wie der Sohn uns hingebracht hat, und aus den Lautsprechern hat man Weihnachtslieder gehört. Eigentlich waren alle da, so hat es einem vorgekommen können. Der Binder-Willi mit seiner Hermi und dem Waldi am Arm, damit ihm keiner auf die Pfoten steigen kann, hat sie gesagt. Die haben sich wieder vertragen, die zwei, so wie es ausgeschaut hat. Der Alois und die Mizzi waren auch da, und sie hat gesagt, dass die Heidi von der Frisurstuben noch nachkommen wird, aber noch wär eine Kundschaft bei ihr. Sogar der Herr Sektionschef mit seinem Kriminalinspektor ist da gewesen, die sind bei der Punschhütte gestanden und haben mit dem Herrn Hanno geplaudert.

Ich sag noch immer Herr Hanno, dabei ist er schon die längste Zeit der Herr Graf, aber Gewohnheiten wird man nicht so leicht los, und der Herr Hanno hat mir einmal gesagt, dass es ihm lieber ist, wenn ich es so lass, wie es immer war, weil er sich dann nicht gar so alt vorkommen würd.

Der Herr Sektionschef ist dann zu mir gekommen mit seinem Kriminalinspektor Müller und beide haben ein wengerl mit mir geplaudert. Der Inspektor hat sich bedankt, dass ich ihn zum Kaffee eingeladen hab, aber er wär bis jetzt noch nicht dazu gekommen, und der Herr Sektionschef hat gemeint, dass sie gern am Sonntag bei mir vorbeischauen würden. Mir hat das gepasst, weil ich am Sonntag eh nicht in die Messe gehen wollt. Das Adventkonzert war um drei Uhr in der Kirche, zweimal an einem Tag wollt ich bei dem Wetter nicht nach Siebenstein fahren und die Meinigen haben zum Mittagessen mit Bekannten was ausgemacht.

Der Schönbacher-Luis, der ist hinten bei der Schnapsbude gestanden und hat schon einige Lerchene getrunken gehabt, das hat man sehen können. Nur seinen Bruder, den Bertl, hab ich nicht gesehen. Aber die Tante vom Herrn Hanno, die Tante Adele, die ist mir am Keksstand aufgefallen. Da hab ich fast lachen müssen, weil ich mir gedacht hab, dass die im Schloss doch sicher was zum Essen kriegt, aber wie ich sie gekannt hab, hat die das zum Selberessen gekauft, und nicht, damit sie wen unterstützt.

Und dann war er da, der Schönbacher-Bertl. So, wie der aufgetreten ist, hat man den gar nicht übersehen können. Die neue Jacke hat er angehabt, ein buntes Halstuch im Ausschnitt, wie Seide hat das ausgeschaut. Fesch war er mit seinen dichten Haarlocken und den Brombeeraugen. Da hat man erst sehen können wie hell die zwei Kinder sind, die anscheinend seine waren. Die hat er nämlich auch mitgehabt, und die Frau aus Reichenau mit den roten Haaren.

Ich schmeiß eine Runde, hat er gerufen, und das ist alle angegangen, die um ihn herum gestanden sind. Er hat sich gleich einen Tee mit Rum bestellt, und den Kindern hat er zehn Euro in die Hand gedrückt und gesagt, sie sollen sich umschauen und sich was kaufen. Da ist der Luis von der Schnapsbude herübergeschlichen gekommen. Das hat mir nicht gefallen, weil er ja schon einiges getrunken gehabt hat.

Und recht hab ich behalten.

36

Tante Adele bedauerte, auf den Adventmarkt gekommen zu sein. Kein einziger Stand, der Kekse führte, bot tatsächlich Florentiner an, und die Anzahl der Vanillekipferl auf den gemischten Tellern konnte man durchaus spärlich nennen. Der Rest war undefinierbares bäuerliches Gebäck, das nicht einmal einen Namen trug, zumindest hatte die Bedienung, eine rundliche Person mit violetter Wollmütze, sie nicht benennen können. Allerlei Formloses in Schokolade getunkt. Auch ein Rütteln des einen oder anderen Tellers brachte nichts Erfreuliches zu Tage.

„Blamabel“, hatte Tante Adele gemurmelt und die Lippen geschürzt. Es war davon auszugehen, dass der Tee hier nicht trinkbar war und auf Punsch, Grundgütiger!, hatte sie wahrlich kein Animo.

Auf eine Plauderei mit ihrem Neffen hatte sie zwar ebenfalls wenig Lust, aber er war zumindest nicht im Nikolokostüm erschienen, wofür man dankbar sein konnte. Den Auftritt des Bertl Schönbacher, sie konnte sich doch tatsächlich an den Namen erinnern, übersah sie nicht. Dass er der präsumtive Halbbruder ihres Neffen sein sollte, hatte sie bereits vergessen.

Nouveau riche, durchaus, dachte sie und zog ihren Fuchskragen zusammen. Aber wenigstens nahm man Schönbacher zur Kenntnis, was man von Hanno nicht behaupten konnte, der in der Menge unterging. Ihre Schwester hätte bei der Erziehung ihres Sohnes auf Savoir-vivre tatsächlich mehr Wert legen sollen.

Nun, Hanno, der im Gespräch mit seinem alten Schulfreund Sandor und seinem Adlatus gewesen war, geruhte sich umzudrehen und ihr zuzuwinken. Natürlich winkte sie nicht zurück.

Da bemerkte sie einen Mann, der von der Schnapsbude aus lauernd auf diesen Schönbacher zuhielt und plötzlich, keine drei Meter von ihm entfernt, unvermutet mit schrillem Schrei und krummen Beinen in die Luft sprang. Wieder am Boden, tänzelte er anmutig von einem Bein aufs andere, streckte Hände mit gespreizten Fingern von sich und ließ gurrende Laute vernehmen.

Man war allgemein erstaunt und gespannt, wie es wohl weitergehen würde. Der Tänzer wurde couragierter, daran bestand kein Zweifel. Seine Schritte näherten sich Bertl Schönbacher, seine Gestik wurde ausladender, zweimal hob er das angewinkelte rechte Bein und trat dann kräftig in die Luft. Schönbacher selbst war nicht amüsiert. Mit gekräuselter Stirn nahm er einen Schluck Tee mit Rum, stellte die Tasse auf den Tisch, kaute mit schiefem Mund an der Unterlippe. Dann verlor er die Geduld.

Leider muss gesagt werden, dass Bertl Schönbacher diese hinreißende Choreographie geradezu rüpelhaft unterbrach. Seinem Bruder Luis, der sich in seinem Leben auch in chinesischer Kampfkunst versucht hatte, schlug er ohne viel Federlesen mitten ins Gesicht.

37

Ich hab schlecht geschlafen in der Nacht, und das hat mit allem zu tun gehabt, was mir im Kopf umgegangen ist. Vielleicht auch, weil es zum schneien aufgehört hat und das Wetter umgeschlagen ist. Von verschleiertem Blau war der Himmel, aber die Sonne hat einen nicht gewärmt.

Froh war ich, dass ich den Herrn Sektionschef am Adventmarkt dann nicht nur zum Kaffee, sondern auf einen Schweinsbraten eingeladen gehabt hab, und den Herrn Kriminalinspektor Müller gleich dazu. Und dem Singer-Simon hab ich es am Sonntag in der Früh gesagt, am Telefon, obwohl ich telefonieren nicht mag, aber den Sohn wollt ich nicht bitten. Da hätten wir mehr Zeit zum Plaudern, hab ich allen dreien gesagt, weil ich mir die ganze Geschichte jetzt vorstellen hab können.

Den Schweinsbraten hab ich mit Knoblauch gespickt und ins Rohr geschoben, Semmelknödel hab ich noch eingefroren gehabt, die braucht man nur im heißen Salzwasser ziehen lassen. Sauerkraut war keines da.

Das gute Geschirr mit dem Goldrand hab ich aus der Kredenz genommen, aber gedeckt hab ich in der Küche. In der Stube haben wir den ganzen Winter noch nicht eingeheizt gehabt, das wär den Herren aus Wien vielleicht ein wengerl zu kühl gewesen, und in der Küche hab ich es auch nicht so weit zum gehen gehabt.

Die Meinigen waren schon weg, wie die drei gekommen sind, der Herr Sektionschef, der Herr Kriminalinspektor und unser Simon, da war schon alles fertig, weil sie mir gesagt haben, dass sie um halb eins da sein werden.

Angerichtet war schnell, und dann hab ich mich zu ihnen gesetzt, essen hab ich nichts wollen.

Natürlich wär mir am liebsten gewesen, wenn ich hätt glauben können, dass es der Herr Neumann gewesen ist, der seinen Jagdkollegen den Rauberfelsen runtergeschmissen hat. Aber eine Mördersuche ist kein Wunschkonzert, das hab ich schon bei den letzten Malen erleben müssen, wie in Neiselbach was passiert ist. Auf der ganzen Welt hätt der Herr Neumann den Herrn Würger umbringen können. Und dann hätt er es grad bei uns in Neiselbach tun sollen, wo er gar nicht von hier gewesen ist? Das wär schön deppert gewesen, auch wenn man davon ausgehen muss, dass nicht alle Mörder gescheite Leute sind. Also hat es ein anderer sein müssen, und das der von hier war, war klar. Ein Ortsfremder hätt nie im Schnee auf den Rauberfelsen gefunden und sich schon gar nicht raufgetraut.

Die Hausleitners haben gesagt, dass bei ihrem Haus nur der Herr Würger und der Schönbacher-Bertl vorbei ins Revier gefahren sind, dorthin, wo die Kameras waren. Der eine war jetzt tot und die Karten, wo die Fotos drauf waren, waren weg. Da ist also nur mehr der Schönbacher übergeblieben.

Das hab ich zum erzählen angefangen, dann bin ich wieder aufgestanden und hab den Bräter aus dem Rohr geholt, weil noch alle was nachhaben haben wollen, so gut hat es ihnen geschmeckt.

Ein fescher, herausgeputzter Mann, der immer Geschichten erfunden hat, sogar die mit dem Grafen Fürchtenbert als Vater, hab ich dann weitererzählt. Und Kinder hat er sich auch dazu erfunden, die Kinder aus Reichenau, da hätt er sich besser welche mit dunklen Haaren aussuchen sollen. Wenn das seine gewesen wären, hätt er das schon viel früher erzählen können. Es wär ja nichts dabei gewesen, dass er nicht geheiratet hat. Da muss man sich fragen, wieso er es grad jetzt erfunden hat.

No, so einer nimmt es mit der Wahrheit gar nicht genau, und wenn der dann sagt, dass einer, der ein Gewehr hat, keinen wo runterstößt, dann stimmt das nicht.

Einer, der das ganze letzte Jahr im Lagerhaus hat anschreiben lassen, weil das Geld knapp ist, lädt mit einem Mal alle Leute zum Trinken ein, im Goldenen Hirschen und beim Adventmarkt. Da muss man sich fragen, wieso er während dem Jahr zu wenig Geld gehabt hat. Aber wenn er es jemand anderem hat geben müssen, weil der sonst was ausgeplaudert hätt, dann macht es wieder einen Sinn.

Und Tee mit Rum hat der Bertl schon immer recht gern mögen.

Da bin ich noch einmal aufgestanden und hab die Teller in der Abwasch ins Seifenwasser gestellt, in den Geschirrspüler will ich die mit dem Goldrand nicht geben, und gleich einen Kaffee aufstellt und den Christstollen aufgeschnitten. Ich hab mir gedacht, dass die drei sicher noch gern eine Nachspeise hätten, und es hat was Besonderes sein sollen.

Mit Weiberleut im Ort hat er nie was zu tun gehabt, und auf einmal bringt er eine mit aus Reichenau, als möcht er ein Spielzeug herzeigen, und die Kinder gleich mit dazu. Die sind aber nicht einmal über Nacht auf seinem Hof in Neiselbach geblieben, sondern immer gleich wieder abgefahren. Da wird es mit einer Liebe oder einer Beziehung nicht weit her sein.

Und wenn er hier bei uns nie ein Mensch angeschaut hat, auch früher nicht, wie er jung war, da kannst dich ja fragen, ob er Menscher überhaupt anschauen will. Vielleicht gefällt ihm was anderes besser. Und wenn man das denkt, dann könnt man sich schon fragen, ob auf den Fotos aus dem Wald er mit jemand drauf gewesen ist, dem er den Wald zeigen hat wollen. Es war ja sein Wald. Nur wär die Person kein Weibsbild, sondern ein Mannsbild gewesen. Die Hausleitners haben ihn oft ins Revier fahren sehen, aber ob das eine oder andere Mal jemand mit ihm im Auto gesessen ist, davon hat keiner was gesagt.

Ein Mann, der mit Weibsbildern nichts anfangen kann, der hat es in einem Dorf doppelt so schwer als wie in einer Stadt. Und wenn es einer ist, der was ganz Besonders sein will, dann sieht er sich gar nicht mehr aus. Wenn der schon tut als wie ein halber Graf, dann will er nicht sagen müssen, dass ihm nur Mannsbilder gefallen.

Das hab ich den dreien erzählt, mehr nicht, und auch, dass um drei am Nachmittag in der Kirche in Siebenstein das Adventkonzert anfangen wird, wo der Schönbacher-Bertl den Chor leiten sollt.

Und wie alle fertig waren, haben wir uns zusammengepackt und sind rauf nach Siebenstein, der Herr Sektionschef hat mich mit seinem Auto mitgenommen, der Herr Kriminalinspektor ist gleich beim Singer-Simon mitgefahren.

Oben in Siebenstein bei der Kirche waren schon ein Schüppel Leut, und keiner hat sich was dabei gedacht, dass wir auch dahergekommen sind.

Wer aber nicht gekommen ist, das war der Schönbacher-Bertl mit den Brombeeraugen.

38

Ausgesprochen hat es keiner, aber Böses haben sie geahnt. Da sind sie gleich zum Schönbacher aufgebrochen, die drei Männer, und die Leut bei der Kirche haben große Augen gemacht, weil es ihnen jetzt schon komisch vorgekommen ist.

Früher einmal hat ein jeder von uns in Neiselbach Schweine gehalten, heut ist das nicht mehr so. Denen hat man geben können, was in der Küche so angefallen ist, Kartoffelschalen und Grünzeug, aber auch Fleischreste, was halt übrig geblieben ist. Heute darfst so einen Sautrank den Schweinen nicht mehr füttern, da hat sich bei einigen die Schweinehaltung aufgehört. Aber der Bertl, der hat weiter Schweine gehalten.

Im Haus war er nicht, aber sein Auto und ein anderes sind vor der Tür gestanden. Da haben sie im Schweinestall nachgeschaut, und dort bei den Schweinen ist er gelegen. Wie er ausgeschaut hat, haben sie mir nicht erzählt, ich wollt es auch gar nicht wissen, ich hab es mir vorstellen können. Und den Luis, den haben sie am Speicher gefunden. In einer Ecke ist er am Boden gesessen und hat so viel plärren müssen, hat mir der Singer-Simon erzählt, weil er das alles nicht hat wollen. Aber nach dem Theater am Adventmarkt hat er noch einmal vorbeigeschaut, und wie der Bertl ihm erzählt hat, dass er die blonden Kinder anerkannt hat und dass das jetzt seine Erben sind, da sind dem Luis die Pferde durchgegangen, und er hat ihm eine Feste getuscht. Da ist der Bertl umgefallen wie ein Stückl Holz, so gut hat er ihn erwischt, und mit dem Kopf am Trog aufgeschlagen. Er war gleich mausetot.

Eines Tages kommt ein jeder von uns dran, hat der junge Leutnant vom Simon gesagt, wie sie den Bertl abholen gekommen sind.

Aber dass der Luis ihn bei den Schweinen hat liegen lassen, das ist das Letzte vom Spinat, hätt die Großmutter gesagt. Dabei hat der Bertl wieder einmal gelogen gehabt. Die Kinder hat er gar nicht anerkannt, das hätt er auch nicht können, weil es nicht seine waren. Die Frau aus Reichenau hat gar nicht gewusst, was er alles hinter ihrem Rücken erzählt hat, die hat er beim Schifahren am Lift kennen gelernt und sie nur zum Essen eingeladen. Und jetzt, wo der Schönbacher-Bertl tot war, hat man auch nicht mehr erfahren können, wie er den Herrn Würger rauf auf den Rauberfelsen gelockt hat, damit der dort oben mit ihm einen Tee mit Rum trinkt, und das bei dem Wetter. Vielleicht hat ihm der Bertl noch mehr Geld versprochen, die Gier ist ja ein Hund. Oder der Herr Würger hat sich für so gescheit gehalten, dass er geglaubt hat, ihm kann nichts passieren, und hat von sich aus mehr Geld verlangt. Das könnt schon sein, weil eigentlich weiß man ja, dass so eine Erpresserei was Gefährliches ist und noch kürzere Beine hat als wie eine Schwindelei und man besser gleich die Finger davon lasst. So, wie es ausschaut, hat der Bertl das Geheimnis mit ins Grab genommen, aber so ist das Leben, man kommt nicht immer auf alles drauf, auch wenn man das heutzutage nicht wahrhaben will.

Ob der Luis den Hof jetzt trotzdem erbt, das weiß ich nicht. In einem Film hat es einmal geheißen, dass Mörder nichts von einem Opfer erben. Aber eigentlich war es ja kein Mord, sondern ein Unfall.

In der Selchkammer hat man das Gewehr vom Herrn Würger gefunden, im Nachtkastlladerl neben dem Bett vom Bertl dann ein Bild von der einen unseligen Kamera. An dem Foto muss der Bertl gehangen haben, sonst hätt er es nicht aufgehoben. Er hat darauf einem sehr eleganten Herrn mit grauen Schläfen ein herzhaftes Busserl gegeben.

39

Lang hat es nicht gedauert, nur wenige Tage, dann war am Friedhof wieder eine Grube ausgehoben, die letzte Ruhestätte für den Schönbacher-Bertl. Am Tag drauf um drei Uhr nachmittags war das Begräbnis, und schon um halb drei haben die Kirchenglocken geläutet, damit ganz Neiselbach zur Messe gerufen wird, wie es der Brauch halt will. Da hat der Sohn mich schon hingebracht gehabt, weil ich immer zu Begräbnissen geh, das gehört sich so. Recht viele sind gekommen, das hätt ich mir gar nicht gedacht, bei all dem, was passiert ist, und wo doch der Bertl am Ende ein Mörder war. Aber eigentlich hätt ich es mir denken können. Die meisten sind ja nicht gekommen, weil sie an den Bertl gedacht haben oder ihnen gar die Familie leidgetan hat, sondern damit sie sagen haben können, dass sie schon immer gewusst haben, dass mit dem Bertl was nicht stimmt. Das mit dem Weiblichen nämlich. Im Nachhinein wissen die Leut ja immer alles.

Früher einmal hat man den Sarg in der Aufbahrungshalle aufgestellt, aber der neue Pfarrer, der macht das nicht mehr. Der lasst den Sarg in der Kirche aufstellen, im Hauptgang, gleich vor dem Altar. Da hat sich dann jeder verabschieden können, nur niemandem kondolieren, weil vom Schönbacher-Bertl seinen Leuten keiner da gewesen ist. Der Bruder Luis nicht, weil den die Polizei ja mitgenommen gehabt hat, aber auch nicht die Schwägerin und die Kinder, und das war was Neues, ich hab mich nicht erinnern können, dass sowas schon einmal gewesen wär.

Viel ist in der Predigt nicht gesagt worden, aber was will man da schon groß sagen, wenn einer ein Mörder wird wegen einer Lebenslüge, und wegen einer Lüge dann selber vom Bruder derschlagen wird. Der Chor hat auch nicht gesungen, gesagt haben sie schon ein paar Tage vor der Seelenmesse, dass sie in der kurzen Zeit nichts vorbereiten können. Geglaubt hab ich ihnen das nicht. Und unser alter Organist hat am Sonntag davor gesagt, dass er die Orgel nicht spielt, nicht für einen Mörder, noch dazu für so einen, er würd das Wort gar nicht in den Mund nehmen wollen, und die Kirche wär auch nicht für solchene Leut.

Geh ich bitt dich gar schön, bist vielleicht was Besseres, hab ich ihn da angefahren, weil ich es nicht leiden kann, wenn die Leut so tun, als wären sie päpstlicher als wie der Papst. Da hat der Xaver gesagt, dass er gern einspringen würd, und dass jeder ein Recht auf ein anständiges Begräbnis hat. Da hab ich ihm zugezwinkert und ihm dann nachher eine selbstgebackene Torte versprochen, er könnt sich eine aussuchen. Und gespielt hat er zwei sehr schöne Stücke, ich weiß nicht, wie die geheißen haben, aber von Händel waren sie, das hat er mir erzählt und ich hab es mir gemerkt, und besonders lang hat er die gespielt. Inwendig hab ich schmunzeln müssen, ich glaub nämlich, dass er die Lieder absichtlich ein paarmal wiederholt hat.

Der Herr Sektionschef Sandor ist auch gekommen, mit dem Herrn Kriminalinspektor Müller, der hat schon recht gut gewusst, wann man aufsteht und sich wieder setzt, nicht wie damals, beim ersten Mal. Mit der Kirche hat er es nicht so, hat er mir gesagt. Aber wenn er noch ein paarmal zu uns kommt, wird das schon.

Und wie alles vorbei war, haben sie den Sarg aus der Kirche getragen, da bin ich noch ein wengerl sitzen geblieben, damit ich nicht alle aufhalt, weil ich nicht so schnell zu Fuß bin. Viel zu jung zum Sterben ist er gewesen, der Schönbacher-Bertl mit seinen Brombeeraugen, aber der Herr Würger hat sicher auch noch nicht sterben wollen. Laut war er ja, der Bertl, aber ein ganz ein feiger Kerl, sonst hätt er dazu stehen können, wie er gewesen ist, auch wenn es nicht immer leicht gewesen wär.

Wie ich aus der Kirche dann rausgekommen bin, sind kleine Schneeflockerl im Wind herumgetanzt, und der Himmel hat eine Farbe gehabt wie frische Milch. Da haben sie gerade den Sarg ins Grab runterlassen, und da haben sich einige dann doch schnäuzen müssen.

Zwei Tote haben wir gehabt im Tal und nur den einen zu Grabe getragen. Da kann man sagen, was man will, ohne Begräbnis heißt das Sterben nichts.

40

Es war fast eine Woche vergangen, als Patrick Sandor an einem stillen, frostigen Abend zurück zum Friedhof nach Siebenstein fuhr. Müller war im Goldenen Hirschen zurückgeblieben, mit Simon Singer zu tarockieren. Auf Wien hatte er noch immer keine Lust. Die schmiedeeiserne Friedhofstür stand offen, in der Kirche brannte Licht. Gemächlich flackerten Grablichter, Schnee glitzerte im Lichtkegel der Laternen und knirschte unter Schuhen.

Xaver würde heute Abend in der Kirche Orgel spielen, das hatte man Patrick Sandor am späten Nachmittag verraten. Da hatte Sandor ein Rendezvous vereinbart.

Die alte Frau hatte schon Platz genommen auf der vom Schnee befreiten Bank links neben der Kirchentür.

„Ihren Bach wollen Sie sicher im Freien hören", sagte sie, nickte freundlich und entfaltete eine karierte Wolldecke. Den Stock hatte sie zur Seite gelegt.

„Wenn es jemand gibt, der Bach alles verdankt, dann ist es gewiss Gott", sagte Patrick Sandor, überschlug das rechte Bein, und blickte in den klaren Sternenhimmel. „Das sage nicht ich, sondern ein französisch-rumänischer Denker", fügte er hinzu.

Da war erstes Orgelbrausen aus der Kirche zu vernehmen.

„Mit dem Herzen haben Sie's nicht?", wisperte die alte Frau, als die Orgel nach einem Musikstück für kurze Zeit schwieg.

Es sei nur ein Brief, raunte Sandor, in seiner Brusttasche stecke ein Brief, der einfach nur knistere. Den Korb, der zu ihren Füßen stand, hatte er nicht bemerkt, der heiße Tee aus der Thermoskanne war willkommen.

Patrick Sandor hatte nicht auf die Uhr geblickt, als Xaver zu spielen begonnen hatte, und nicht, als er endete. Wie lange der Genuss also gedauert hatte, wusste er nicht genau zu sagen, eine halbe Stunde vielleicht. Aber als es zu Ende war, blieb er noch sitzen. Von der roten Mütze eines Obdachlosen, die im Donaukanal getrieben war, erzählte er dann noch.

„Da oben sind Sterne, die sind schon tot, aber man sieht sie noch immer leuchten“, sagte die alte Frau und wies mit ihrem Stock in den blinzelnden Himmel. „Glauben S’ an ein Leben nach dem Tod?“, fragte sie sodann.

Jedem anderen hätte er eine solche Frage nicht zugestanden. Über Geld, Politik und Religion spricht man nicht. So war er aufgewachsen.

„Ich glaube nicht, Frau Apollonia“, sagte er nach einer hübschen Weile und starrte in den Himmel. Als er sie jedoch wieder anblickte, lächelte er. „Aber wenn es eines gibt, werde ich entzückt sein.“

Glossar

allerweil, allweil	*immer*
antragen	*anbieten, dem Gast auftischen*
aufbudeln, sich	*sich aufspielen, sich aufregen, sich wichtigmachen*
Bankert, der	*uneheliches Kind*
Budel, die	*Theke, Bar*
deppert	*dumm*
derpacken	*ertragen, schaffen*
Erdäpfel, der	*Kartoffel*
Fleischlaberl, das	*Frikadelle, Fleischpflanzerl, Fleischleibchen*
gatschig	*matschig, schmutzig*
Gfrett, das	*Mühsal, Unfrieden*
gleichschauen, etwas gleichschauen	*gut aussehen, einen ordentlichen Eindruck machen*
goschig	*vorlaut*
Grantscherben, der	*mürrischer Mensch*
Hendlhaxerl, das	*Hühnerkeule, Hähnchenschenkel*
herumkrallen	*herumklettern, herumkriechen*
hopertatschig	*ungeschickt, kraftlos*
Lamourhatscher, der	*langsames Liebeslied zum Mittanzen*
Lerchene, der	*Lerchenschnaps*
Lüfterl, das	*leichter Wind*
Mensch, das	*junge Frau*
Mischkulanz, die	*Unordnung, Chaos*
Musi, die	*Musikkapelle*
narrisch	*närrisch, verrückt*

Pamperletsch, der	*kleines Kind*
plärren	*hier: weinen*
Reißete, das	*Rheuma, Gliederschmerzen*
schiach sein	*eigentlich: hässlich sein; hier: verstimmt sein, verärgert sein*
schlampert	*schlampig, unordentlich*
Schüppel, das	*eine gewisse Menge, ein Bündel*
Spompanadeln, die (Pl.)	*Spielereien, Mätzchen*
Stesser, der	*Stoß*
Striezel, der	*Germteiggebäck*
Tratschen, die	*geschwätziger Mensch*
Trutschen, die	*dumme, eingebildete Frau*
tuschen	*krachen*
vertratscht	*geschwätzig*
verwortakelt	*verworren*
wurlad	*schwindelig, durcheinander, verwirrt*
zipfig	*hier: an den Ecken verzogen*
Zwetschke, die	*Pflaume*
zwider	*unschön, ungut*